兩封 合格通知書

尹異形

陳聖薇 譯

졸업

윤이형

目次

令讀者深切共鳴的震撼小說

很神奇的一本小說！作者是怎麼想出這個故事的？能夠構思出這樣的故事，真的是太厲害了！

這是一本讓讀者思索很多事情的書，關於人權、懷孕、生產、老化、結婚、愛情、同性戀情……等多元的主題。

無論對於尚不知人事的年輕讀者，或是成熟的大人，都是一本好書。（讀者book-library）

如果要十九歲的我，在三個月內決定生小孩，這真的是我自己的選擇嗎？

這個選擇，又會讓我幸福嗎？

成為某人的父母，是多麼重大的事……

這本書寫的，或許是不遠的未來將會發生的事。（讀者flqkdnajs）

「你沒有錯……」字字句句安撫著主角的小說，是一部精采的作品。

痛苦持續的話，漸漸地將會再也感受不到痛苦，

現今的年輕世代，與其說經常受傷，不如說他們總習於接納發生的一切……

與其說他們寂寞，不如說他們選擇強悍……（讀者beef）

第1章

兩封合格通知書

我努力不去看那個粉紅色的信封，

但我做不到。

這真的是值得開心的事情嗎？

如果有人可以為我解答的話，該有多好？

然而，沒有人說半句話。

十九歲初冬，等待初雪降臨的我。

樹木早已凋零，迎接寒冬的到來，走往洗衣店的路上，地面已經結上一層薄冰，瑟縮著肩膀的行人，隨著呼吸已經開始吐出冷冽的煙霧，但不知為何，初雪依舊尚未降落。

也不是說初雪那一天非要做什麼事情，或是想見什麼人，只是想跟像極了滿天星的雪花打聲招呼，看它緩慢地飛舞降落。我暫時停下腳步，靜靜地站著，廣播那端主持人以明朗的聲音這樣說道：「雖然比往年晚了許多，我們依然可以期待下週可以降下初雪。」

然而，下一週，天空依然沒有降下白色雪花，卻再次聽見那位主持人以同樣語調說著期待下週的初雪。人們似乎也覺得怪異，卻因忙碌而忽略，就這樣一天一天地過去。

接著，我收到兩封信。

一封是要引領我奮發向上的大學入學中心寄來的合格通知書；另一封是妊娠檢查結果的最終通知書，通知上還要我盡快到中心進行諮商，以便趁早決定誰會是孩子的父親。

對媽媽來說，這兩封通知書當中，後者更令她雀躍。

雖然，大學合格名單發表的那天，媽媽也並非不開心，她抓著我的雙手不斷狂跳、邊發出不知是呻吟還是嘆息的奇妙聲音。

「我本以為妳會考不上，女兒啊！我真的以為妳會考不上……

沒想到可以一次就上……這是多麼幸運啊！不是嗎？」

跟媽媽去市場回程的電梯裡，電梯裡的人都一直瞧著我們，他們大概在想：這位家長對孩子的期望究竟是多低？可能這孩子原本成績就不怎麼樣吧？轉頭面對那些可能是這樣想的各種視線，我一瞬間臉頰漲紅。

不過，抓著我的手不停搖擺的媽媽，依然是一副不敢置信的神色，極度亢奮，我的心裡有股惋惜之情蠢蠢欲動，只好轉頭。我媽媽不是大人，她不像其他大人一樣，能夠熟練地隱藏內心的想法。

媽媽的體內好似住著一個長不大的少女，這個少女常常會做出其他大人不會做的行動，舉例來說，煮好爸爸喜歡但現在沒人會吃的海帶湯放到餐桌上，然後不發一語地默默掉著眼淚；或是毫無目的地撫摸著爸爸用過的物品——舊眼鏡與眼鏡盒、圖章與印台、似乎從未用過的筆記……。此時的媽媽，就像是上週剛與男朋友分手的我的同齡女性友人一般。

是淒涼嗎？

一開始我無法承受，曾有一瞬間覺得，若能像撕下橘子的白色纖維一般，一一挖出媽媽對爸爸的記憶，連同老舊建築物統統打包送出去的話，那該有多好？但同樣的情況反覆幾次之後，也就漸漸習慣。雖然我可以生氣，或是無視，但我領悟到自己無法刻意壓抑媽媽內心的少女心思，因為她是我媽媽，我必須和這樣的媽媽一同生活。

我從前晚開始做了無數次深呼吸，做足心理準備，媽媽快速地理解我考上大學這件天大好消息，所以不知不覺地表露了真心，我知道。媽媽不用說什麼、不用做什麼，我都知道她尊重我、相信我，高中入學之後，我有一段時間有點迷惘，然而就算我與同學吵架、被記警告，或是說髒話，我也從來沒有對媽媽大小聲，或是離家出走，雖然不到模範生的程度，卻也沒有理由成為壞學生的我，始終是媽媽依靠的對象。為什麼會這樣呢？

媽媽的擔心，遠勝於對我的期待，因為我們家沒有讓我進重考班的預算。然而，我考上大學，其實就代表要繳付註冊費、學費*，仔細想想會發現那是更多倍的煩惱，而那天媽媽只是開心著女兒不用重考這件事情。

其實，直到那天在電梯裡面看到媽媽放心的表情為止，我從來沒意識到我家家境，我們的拮据長久以來都毫無徵兆，就好像潛伏期，各個層面都看不出來，我們沒有買過不需要的物品，但也衣食無缺，要換掉老舊傢俱跟家電用品都需要幾年的猶豫跟考慮，卻也沒有到債主上門討債的債務；我畢竟是學生，就算有想用錢的欲望，也不過就是新襯衫一件，或者是想買一本成績好的同學正在用

* 韓國大學新生有兩筆金額要繳納，一是註冊費、一是學費，註冊費的費用大約落在一百萬韓幣到兩百萬韓幣之間，不是一筆小數目。

的參考書而已，所以完全不清楚我家家境如何，媽媽如何持家來控制收支，我不知道、也不需要知道，媽媽每日辛勤工作，讓我吃穿，我只需像豌豆葉子一樣，每日盡責地往上爬即可。

但第二封通知書就不同了，是從國民未來重建委員會發來的粉紅色信封，我將這份通知書交給媽媽的時候，在媽媽做出任何表情前的那十幾秒間，突然領悟到兩個事實。

一是果真如我所想的，我家的經濟情況不如我想像中的差。

那一瞬間我毫無根據地樂觀了起來，不再那麼擔心媽媽可能會反對我的任何想法。

我原本還期待著那份通知書會在我眼前被撕個粉碎，媽媽會生氣地說這太不像話了，要我忘了這件事情，去過我想過的生活。

不，我想像著媽媽至少會以冷靜的話語，跟我說這封通知書對我們來說有許多意義，但最後的決定權在妳手上，妳可以不做妳不想做的事情。

但是媽媽沒有那樣說，這一回，她沒有捉住我的手搖晃，也沒有跳來跳去，只是抱著我小小聲地說：

「一定要再去教堂！」

滑落媽媽臉頰的淚水，滴在我肩上，安靜又溫暖，我認為那是開心的淚水，我知道那是我無法抗拒的淚水，因為值得媽媽喜極而泣的事情並不多。

我領悟的第二件事實是，我再也無法像花盆內的植物一般悠閒活著，因為除了住進我體內的生育義務之外，還有其他事物也一同住了進來，我感謝並順從那照射著葉子的陽光，及浸潤根部的水分，光合作用除了給我這一義務，以及那個「其他事物」，而那個「其他事物」，也是一個問題。

這樣也沒關係嗎？

對於這個提問，我相當陌生，因為那是我自己的聲音發問的，更讓我覺得不太舒服。目前為止辛苦養育我的媽媽與我之間所累積的一切，可能會瞬間瓦解，所有困難的問題被濃縮在一起，就像果醬一樣被擠壓著，我想逃避，不想聽那個聲音。但是那進到我體內的那個聲音，不是摀住耳朵，或是戴上耳機聆聽嘈雜音樂就會消失不見。

媽媽當晚真的去了教堂，在父親離開我們之後，媽媽已經數十年不曾去過教堂，媽媽做了告解聖事，添購了彌撒服飾、聖珠與小本聖經，放在桌上。從那天起，媽媽每晚睡前都會祈禱。

她祈禱什麼呢？媽媽在告解聖事中，又跟神父說了什麼呢？或許是向神懺悔過去這段時間的罪過，承諾往後會堅持並感謝信仰為自己帶來力量之類的話吧。

在媽媽去教堂的那段時間裡，我努力地不去想任何事情，也努力地不去看那個粉紅色的信封，但我做不到。

這真的是值得開心的事情嗎？如果有人可以為我解答的話，該有多好？然而，沒有人說半句話。我的卵子很健康，我可以變成某個人的媽媽，就算不特別說明生育是為阻止人類滅亡做出的重大貢獻，這樣的事實對我來說也帶有莫名的安心感。雖然平時完全沒有意識到這一點，但我的身體比想像中更好，我是個生命體，一個被上天選中，可以孕育下一代的生命體。

你認為我這種十多歲的青少年絕對不懂的「那些事」，其實我也都很清楚。

根據委員會的說明，只要走過那些流程、生下小孩，我就可以在新家住下來，那是二十四坪的新房子，也就是說，我可以奢侈地擁有屬於我自己的房間，媽媽跟我不需要共享主臥，不必像現在這樣，做每一件事情都被媽媽看得一清二楚。不僅如此，新家不但傢俱完備，還會附帶一台汽車、以及支付四年大學學費之後還會有剩的祝賀禮金，還可以拿到足以發給媽媽生活費的補助金。

至少不會因為養這孩子，導致生活出現危機，況且從孩子出生到就讀小學為止，國家會提供免費的保母與家事幫傭。

也就是幾乎都有國家補助，雖然可能會有點不自由，但從至少不用放棄念大學與就業，不會被關在家裡失去與社會的連結這幾點看來，成為媽媽確實不是一件壞事。

要獲得國家全額補助，我只需要懷上孩子，經過十個月的等待就可以了，然而，這個決定必須在短短幾個月內完成，在那個命定的期間內，再怎麼猶豫徬徨，都必須在我的卵子枯萎之前做出決定。

開心嗎？

當然要開心，怎麼可能不開心呢？就如同有人說，相較於這一份通知，大學入學通知反而不算什麼，不是嗎？

可是、可是……我卻不開心。

第
2
章

一生最大的特權

那不僅止是特權而已，

妳擁有的，是全世界只有百分之十的人才能享有的特權，

換句說話，那可是一生最大的特權。

不是嗎？

「我非常明白同學妳現在會有什麼樣的心情。」

主治醫生這樣說著，一微笑就會展現酒窩的她，與其童顏的長相符合，那一頭柔和灰褐色秀髮，在肩線附近飄盪。

「來到這裡應該很害怕吧？想要放棄嗎？這會跟過去所做過的其他檢查截然不同。」

先前因為蛀牙而去過牙科，在醫師叫我的名字之前，我幾乎是忘了自己的牙痛，因為那個候診間，優雅到我都想帶著作業去那邊寫。這個中心與那間牙科的氛圍類似，裝潢得更為少女風，可以讓來到這裡的孩子內心都能平靜，忘卻他們來到這裡的理由。色調柔和、馬卡龍形狀的圓形沙發座椅，以及百合模樣的燈飾，一個個都是精心挑選過的高雅裝飾物。

播放的音樂都是最近的動漫人氣歌曲合輯，牆上貼著不久前剛成為爸爸的男團——「寂寞眼淚」的主唱眼淚的海報，以及掃描列印出的新聞。

眼淚十八歲，比我小一歲，孩子的媽媽不是藝人，是同校的平凡女高中生，消息傳出時還成為熱搜的話題。

醫生沒有開口說話，冷漠地拿走我眼前的綠茶，換上一杯有奶泡的摩卡咖啡，我不想喝，但最後還是拿起杯子喝了一口，全身瞬間變得溫暖，走進中心大約三十分鐘以來就像笨蛋一樣頻頻發抖的狀況，因而停止。

「妳應該會怨恨身旁的媽媽吧？覺得媽媽應該要反對的吧？但其實不然……」

醫生一副什麼都懂的表情，一邊將咖啡倒進自己的杯子，而我不知所措地看了媽媽一眼，媽媽的表情比我還要更不知所措，醫生不理會我們的反應，繼續說下去。

「其實或多或少會有點怨恨，這世界怎麼會變成這樣？難道人們無法懷孕，是因為我們這些青少年的關係嗎？明明都是大人的問題，都已經再三警告不可以那樣做，會出大麻煩，專家也一直說會造成環境汙染、會產生危險，卻充耳不聞。輻射汙染會侵入土地與空氣，影響水源，大人卻沒有想要找出對策，只能讓國民無端失去生命，終於面臨到這一地步。ＮＦ病毒不是突然在某一天出現的，錯都是那些大人犯下的，結果代價都是學生、小孩要承擔，怎麼會有這麼不負責任的大人？妳應該是這樣想，對吧？一定很憤怒，不是嗎？」

睫毛不停轉動的她，表情非常認真，我差點就要順應點頭了，悄悄看了旁邊的媽媽一眼，媽媽卻一副「妳在說什麼」的表情，同樣也讓我懷疑。這樣不對嗎？為什麼要說這種話？她嘴裡說出的話，跟她的臉蛋不相符，沒想到她又繼續激烈的言詞。

「同學妳還小可能不知道，其實在這個法案即將通過之際，許多人都上街抗議。再怎麼樣，我們畢竟是人，不是牛、豬之類的動物，怎麼可以用這種方案鼓勵懷孕呢？這樣人不就沒有人格可言？不就淪為單純的生殖機器而已？如果一定要用這種方式才能孕育下一代，乾脆就等著滅亡就好了！」

其實，這我都知道啊！國中二年級的時候，第一次聽到這件事，就加入了全國青少年人權團體「另一個夢」，就我所知，當時每個人都加入那一個組織，沒有一個孩子不哭泣、不異常憤怒！而我當然也不例外。看著、聽著，恐懼又生氣地埋藏在心中，我很膽小，總是以媽媽為藉口，迴避陌生的道路，雖然是這樣總是選擇遠路的我，但那就是我。

時光飛逝，曾幾何時，我已經成為高中生了，依舊會收到「另一個夢」傳來的新聞郵件，唯一不同的是曾經是一週一次的郵件，逐漸減少，慢慢地變成兩個月，或是三個月才會有一封。但我後來再也不看那些信件，若看了那些信件，可能會覺得順應現實、沒有繼續憤怒下去的自己被批評了吧。準備大學考試已經夠累、夠辛苦了，我可不想承擔那種挫折感。

「當時我也跟著走上了街頭！那個時候大學即將畢業，不管必須準備就業的壓力，跟朋友一同走上街頭抗爭，從頭開始學習街頭示威的一切，如何排出抗爭隊形、如何迴避水砲攻擊等等。知道怎麼推警察，被打之後還會相擁抱頭痛哭。不只我們韓國這樣，美國跟法國還有人因為遊行示威而失去生命，知道嗎？妳不知道吧？搜索一下新聞就會知道了，真的是很可怕的世界！」

「那個！徐醫師……」

有點慌張的母親小心翼翼地插了句話，醫生馬上道歉，「啊，媽媽，真的很對不起，我這說明好像有點激動了。」

醫生繼續說明。「我想說的是，同學妳目前感受到的負面情緒與恐懼感，還有可能怎麼想都覺得很委屈的念頭，這都很正常！因為這一切都不是妳的錯，我代替大人們跟妳道歉，對不起，讓妳承受這樣的事情。」

她彎腰鞠躬，而我靜靜地吞了吞口水，我想起為了檢查卵子而到衛生所的那次經驗，那邊的護理師一個個都眼神呆滯，滿臉疲憊狀，沒有一句親切的問候，口中只是公事公辦的命令語句。「換上裙子」、「脫下內衣褲後出來」、「請坐上去」、「再下來一點」，當我坐上椅子張開雙腿時，護理師漫不經心地說著：「不要用力。」然後注射麻藥，緊接著全身麻醉。等到從麻醉中甦醒之後，隱約覺得想吐，全身好像被毆打似的一陣一陣的痛楚，身體好像沒有跟上意識一同甦醒，感到相當沉重，想起那時的記憶，屁股免不了出現一陣痠痛，遲來的委屈蔓延著。

「跟我說對不起？」

只要是年滿十七歲的女學生，都是一樣的情況，我是高中一年級的時候進行血液檢查與超音波檢查等所有妊娠能力相關的檢查，這一次檢查中，約有百分之八十的人會被淘汰，她們的等級都落在D或F。不過我在那之後的三年來，每兩個月就要去做一次取卵手術，因為我第一次檢查的等級是C^+。

相當曖昧的等級，但也不是不可能懷孕的等級，二年級時在C^-與B^-之間徘徊，三年級時爬到B^+，三年級第二學期時，突然踏進了A^0的等級。維持一段時間後進入安定期，原因不明，三年級之後唯一的不同就是因為數學進步的關係，有幸多吃了些巧克力，而胖了三公斤左右而已。

我根本就不想這樣，反而情願一開始就被淘汰，說不定還比較痛快。總之國家會持續觀察我，直到確認我確實值得補助之前，我要吃排卵藥，進行確認卵泡是否順利生成的超音波檢查，再注射人絨毛膜促性腺激素（hCG, Human Chorionic Gonadotropin）。檢查當天，我好像是個不斷被戳的針墊子一般，持續承受著輸液、抗生素以及麻醉藥等各種注射，由於不可能進行體外受精之故，所以取出的卵子只能用於檢查，取卵完成後，腰部襲來陣陣痠痛，手術的冰冷器具好像追到我夢境中一般，如果是男生的話，是不是會好一點呢？據說接受檢查男同學拿到的是色情雜誌與錄影帶，還有長得很好笑的塑膠杯，雖也有一進到檢查室就覺得自己不是人，不斷開玩笑的男同學，但至少他們不會痛，他們第一次檢查之後，也不會有什麼自我認知上的疑惑或衝擊。

但這樣想也不會改變什麼，就算我合格了，最近獲得A等級的人也越來越多，順位肯定會被往後挪移，我就只是這樣想著而已。至少不像模擬考結束後，會在學校川堂貼上全校模擬考排名，在那榜單旁邊貼上卵子等級排名，已經算是好的了。

可是，眼前這位醫生竟然跟我說對不起？聽了這話，好像被重重打了一拳的心情，到目前為止，從來沒有人為那些事情跟我道歉。

「不過，有個可以報復這一切的方法！」

醫生抬起頭，她那雙擁有長睫毛、深褐色瞳孔的眼睛，似乎帶有淚光，我想她不是在說謊。細細回想，當時好像應該到此為止才對，只是那時的我對她產生了好感，那份好感，麻痺了我的理性，眼睛與鼻子一陣酸楚，腦海中有如湧現潔淨的新事物。

「生下孩子，健康地養大他。國家給的優惠補助，統統不要放過，全部都要拿到！養大這孩子，就是對這骯髒、不像話的世界最大的報復！好好教育他，幫助他成為一個有用的大人，等那個孩子長大，就能改變這個世界。妳曾經從現實面思考過嗎？這個世界的轉變並不快，不論是我這個世代，還是同學妳的這個世代都做不了什麼，我也是領悟這一點才進到這個委員會，如果現在覺得生氣不滿，而放棄懷孕機會的話，就拿不到任何好處，所以就算生氣，該拿的、該擁有的，還是一個都不能放棄！」

醫生沒有說那些常聽到的「國家競爭力」、「產業危機」、「景氣不佳」，或是什麼「高齡化問題」，她的話卻讓我注意到幾個關鍵字，「抗爭過的人」、「被警察打過的人」，這些話似乎充滿能量，我沒有走上街頭、沒有被打過，我不過是看過幾封有相關內容的郵件。有過那些經驗的大人，他們嘗試過抗爭，卻沒有任何改變。

我也不知道！不知道病毒對我的要求是什麼，又期待些什麼？這一問題好似在惡劣的玩笑與神之間，如同鐘擺一般來回擺盪，長久以來困擾著我。

我實在無法理解，若從大氣、水、土壤產出的所有食材，真的那麼致命的話，為何我們身體其他部位都沒有出現任何異狀呢？為什麼我們的頭髮沒有變白？皮膚沒有出現病變？

為什麼所有突變，偏偏都只影響到人類的生殖細胞呢？

為什麼在許多出現突變的人當中，我卻還能擁有懷孕的能力？這一切就只是偶然嗎？

對我來說，我無法賦予這一偶然更多的定義，這太難了，就好似有人在催促我，要我快點完成某一特定目標。

哪怕是懷孕機會微薄，人們都能找出十幾歲的懷孕機率是百分之九十八，而二十歲以上就只有百分之二，所以，懷孕這件事情，勢必是要在十幾歲這一階段必須解決的問題。

這早已是在一年級「生物學上的正確」的課程中，聽到不想再聽了，也知道能懷孕的人，並未比無法懷孕的人優秀；但是該享受就享受的這種話，讓我想起的畫面，是連我都不知道的我的卵子樣貌，也從來沒有看過。不過她應該是個沉默寡言，看似了不起的小東西，她用她那又小又白的身軀默默地承受。

最近取出的A^0等級樣本，她是戰勝汙染環境以及所有累積下來的有害物質的我的一部分。

我啊，真的很幸運啊。

我也不知不覺這樣想了。

醫生又說了，用她那明朗柔和，足以撼動人心的聲音。

「我們都被汙染了，我們製造了滿是罪惡的世界，我們就生活在這樣的世界裡，但那並不是我們原本的模樣，雖然很困難，我們仍要努力記得原本的自己。生命是從懷孕開始，這難道就是一件可怕與冤屈的事情嗎？不是的！從來就不是，這是人類從神手上獲得的高貴祝福與無上喜悅，不是嗎？想想寶寶那可愛的眼神，那小小的雙手，還有寶寶看到媽媽時露出的溫暖笑容。試想，妳擁有可以創造新生命的特權，那不僅止是特權而已，妳擁有的，是全世界只有百分之十的人才能享有的特權，換句話說，那可是一生最大的特權，不是嗎？」

我的靈魂不知飛去了哪裡，就這樣恍恍惚惚地聽著她的聲音。

第
3
章

無法詢問的故事

我就是想念希娜的聲音，

她生氣時，

宛如向天借膽，一連串髒話會瞬間脫口而出。

還有，雖然有點晚了，但我想跟她說，

對不起，讓當時的妳獨自面對，真的很對不起。

邊嚼著葡萄口味的口香糖，邊滑手機，至少三十分鐘了，奇怪的是我卻狂吞起口水，內心感到十分焦慮，這已經是第二包口香糖了，不斷想著要打電話給她，想聽聽她的聲音，但又質疑自己有什麼資格這樣做。

只給我三個月的時間，透過妊娠可能性檢查確認合格的青少年，要在這段時間決定對象，發生性關係，雖然我通過了檢查，卻也不能因為我的體內還有前列腺素256（Prostaglandin），就能夠保證三個月後，我的卵巢還可以持續產出A等級的卵子。

不過幾天，卵子與精子的狀態就會開始變差，很容易就錯失機會，這種事屢見不鮮，畢竟報紙的社會版幾乎每天都會看到相關訴訟與糾紛，如果在等待時間內沒有遵照程序，導致錯過受孕時間的話，合格者可能會因過失被判刑。

我在中心看了介紹，登錄成為準媽媽，回到家之後一有空就不停搜索關鍵字，閱讀資料，就像國中時的我有段時間很迷拼圖一樣，雙手會自動做事，雖然知道不要這樣，但我就是無法停止。以前完全不關心，覺得根本與我無關的那些事情，現在就這樣不近情理地出現在我眼前。

因為如此，我知道了幾項事實，更找到從前還有其他受孕的方法，一是試管嬰兒，就是先取出卵子與精子，在試管進行受精，再將受精卵植入子宮；另一種方式則是人工授精，將精子經過純化處理後，再以注射的方式打入女性的子宮，得以完成受孕。

現在則不行，想要懷孕只能依據「自然本能」，也就是要藉由男性與女性發生性行為才能受孕著床。因為已被汙染的水裡含有NF病毒，會使男性精子中蛋白質的成分突變，妨礙精卵結合，造成無法受孕，所以在進行試管嬰兒培育時，不僅無法受精，還可能反過來消滅受精卵；若以人工授精方式進行，一旦精子離開體內，就會讓精子中的蛋白質產生異變而死，最終都會導致難以成功受孕。

若能讓所有突變精子與卵子中的一小部分，讓這一小部分精子能夠以直接射精的方式進入女性體內，促使精子與卵子相遇，才能夠孕育出新生命。

我想起一年級時消失的那些同學，我們班就有兩位，正確說來，她們不是休學，而是因為懷孕必須安胎，老師說她們生產後就會回來學校，但二年級的時候，那幾位同學依然沒有出現在校園中。

二年級時又有兩位消失了，她們跟我有點熟，不！應該是說比「有點」還要更熟一點。

希娜是一位熱愛紫色與夏天，喜歡國史、世界史，卻討厭化學的同班同學，她總是說若當上老師，就要教育孩子那些教科書沒有提到的歷史。

她是在我父親丟下我與母親之後，唯一一個算是知道我真正感想的朋友。

希娜在懷孕八週左右就因為孕吐而沒有來學校，想想也很合理，繼續上學的話，終究也難以承擔其他同學間微妙的情緒。

我想起最後一次看到她的光景：在洗手間裡，我拍著她的背，希娜一臉蒼白，不知道是哭，還是在笑地說道：

「妳看！這真的很可笑，連喝水都會想吐呢！辣炒年糕的味道也令我受不了，這樣下去，不就連大學都去不了？」

至今我還是不清楚，她當時究竟是悲傷？還是開心？但那時的我只想快點進教室，不想被其他同學看到我與她在一起的場面。

希娜家的經濟狀況不太好，希娜的父親幾年前又因為全國對策學校*陸續關門而辭去教職工作，接下來好像是要開創什麼以青年為對象的事業，結果不但毫無成果，又沒有收益，只好失敗告終。希娜雖然懷孕了，可她一直希望能夠繼續待在學校，現實當然沒有那樣簡單，一開始雖然看不出來懷孕的跡象，但傳聞早已充斥整個校園，加上希娜又不斷跑洗手間嘔吐，根本無法隱匿。而同學們好像事先講好一般地孤立她，所以她只撐了八週，就消失在學校，之後我就無法聯絡上她，更準確地說，我根本沒有嘗試聯絡她。

---

* 對策學校是為了克服當下公立教育問題點，而設立的新型公立學校，有別於傳統公立學校的學習方式，提供無法適應一般傳統公立學校的學生，另一個就學的機會。

就在知道希娜懷孕那天，我被複雜的情緒糾纏著，明明前一天為止，我倆還是可以互相戳戳肚子的友好關係，現在好像不行了，我忍不住想，這樣做孩子會嚇到，對吧？顧慮腹中胎兒是原因之一，但那並不是全部的原因。也因為希娜在短短幾天之內就變成我無法理解的存在，那鑽進希娜體內的小東西，讓希娜變得再也不只是一個人，而是兩個人。希娜連走路時都小心翼翼，曾經她最愛的樂團「九月男孩」，現在不但不追了，甚至覺得他們的音樂十分嘈雜，而全數戒掉了。就好像突然領悟到自己從前世延續而來的命運一般，一下子湧上許多豐富情緒的希娜，真的不得不說，那樣的希娜確實與我之間產生了不小的距離感，曾經那位會借我許多有趣書籍、跟我聊許多電影的希娜，好似掉進黑洞中消失了，現在的希娜只會跟我說超音波照片中那小如豌豆的孩子的事情，以及現在幾週了、長成什麼樣子、要買哪些待產用品。

在這裡我想要先澄清一下，請不要誤會，我很喜歡小孩，特別是小孩的微笑，走在路上看到小孩時，我都會停下腳步，失神地看著他們。看著路上追逐玩耍的孩子，他們甜美的嬉鬧聲音，總是能讓我心情平靜，也會想像曾有更多孩子存在的地球，忍不住感嘆「這世界真的很美麗」。看到電影中出現小孩，總會想著我們曾經也是那個模樣，頓時會略感失落。

但這和我感受到的與希娜之間的距離，是完全不同層次的問題。希娜是我的朋友，而我的朋友被搶走這一事實，讓我腦中一片空白，而更大的問題是，我無法開口問出深藏心中的各種疑惑。

「感覺如何？」

「會害怕嗎？」

還有——「孩子的爸爸是誰？」

如此簡單的問題，我不能問，因為所有跟妊娠檢查相關的事情，都比成績或是家庭狀況還要敏感隱私，就算是朋友，若不是打定主意要斷絕關係的話，是不能問的，而這又是身而為人應該遵守的基本常識。結果出來了嗎？是哪個等級？要繼續接受檢查嗎？還是可以不用檢查了？每當兩個月一次檢查結果出爐的那一天，我都深怕被他人看見般，馬上刪除簡訊，將手機放入口袋藏起來，曾經我好奇地想著，相較於我的反應，其他人又是怎麼做呢？

其實希娜曾嘗試聊過。她跟我說她懷孕了，還這樣問我：

「妳為什麼都不問？妳不好奇嗎？像是孩子的爸爸是誰之類的？我想跟妳分享，他是個不錯的人！」

但不知為何，我就是問不出口，完全無法，我領悟到一點，那就是一旦我開了口，我與她就再也不是朋友。

甚至到後期，後座的同學將橡皮擦屑灑在她的頭髮上，黏住了她的頭髮，我也當成沒看到，其實當時的我也覺得自己是受害者，因為我跟她很熟，所以有段時間我也被孤立，我真的沒有辦法將那時發生的所有情況都當成沒發生過。

那些怎麼想也無法想起來的事情，現在終於都想起來了。

崔希娜，妳當時一定很孤單，當時的妳原來是這樣的心情。

我光是拿到合格通知書就已經這麼混亂，當時的她還走到懷孕這一步，所有的一切都只能自己一個人承受，而我，在她需要我的時候，卻不在她身旁。我終於打了幾通電話，她都沒有接。

再打了兩通，口香糖都嚼得又乾又硬了，我吐掉口香糖深呼吸，掛掉電話。

這讓我覺得自己好像卑劣的投機份子一般，但沒有辦法，我就是想念希娜的聲音，她生氣時，宛如向天借膽，一連串髒話會瞬間脫口而出。還有，雖然有點晚了，但我想跟她說，對不起，讓當時的妳獨自面對，真的很對不起。電話那頭仍然沒有任何回應，真想至少聽到她沉默的呼吸，也想問她：妳還好嗎？妳過得好嗎？

鈴聲持續地響，突然通了。

「您撥的電話無法接通，請查明後再撥。The number you just called is ……」

不！

問不出口的理由，其實我心裡有數。

同學們對於做出人生重大決定的希娜，沒有給予任何援助與鼓勵，她所到的每個地方都有一道看不見的敵視之牆，讓她事事都碰壁，只能等著被人嘲笑。一開始只是對莫名的陌生感充滿戒心，然而在這情緒之中，猜忌與嫉妒就會是一塊塊小石子，結合成堅硬的石塊。希娜得到的，應該不只房子、車子與補助金，她獲得那種，足以受社會認可的存在感；相較其他同學，她很早就獲得那份幸運，她是完整的，而妳不是，妳有缺陷，所以妳沒有擁有那些事物的資格，正因為我們各自擁有那些難以言喻的情緒，以及承受了許多情緒，所以很容易就出現異樣的感受。

真的很奇怪，明明在某一時刻，我們都曾經認為這政策不恰當，也曾經一起憤怒過，怎麼事情成真之際，卻有人能夠開玩笑地說出：「啊！真是的！我也要拿到A級，翻轉我的人生！」對於自己被當成動物般對待一事，我感到相當厭惡，我們卻必須毫不在意地說出那種玩笑。我們盡可能地嬉笑吵鬧，無可奈何地被標上卵子等級，內心抗拒這樣的制度，好像A等級不會發生在我們身上，所有事情都看似與我們無關。但希娜出現了，希娜的身體開始變得不一樣，只因為羨慕她，所以開始討厭她。

選擇孩子的爸爸這件事情，只有三個月的時間可以思考並尋找，可能大家都覺得太短了，但對希娜來說，可能是足夠的，究竟是誰決定這時間長短呢？或許希娜真的找到她可以愛的人，一同生下了孩子，比我們先一步做出像個成年人般的選擇也說不定。然而我們卻藐視她，只因為她懷孕隨之而來的各種優惠，又因為希娜家沒有錢，就擅自認定她是貧困的孩子而鄙視，有錯的明明是制度，不是希娜。

雖然我內心不想承認，但我確實隱約恐懼著。

希娜孩子的父親會不會是某位我認識的人？更正確地說，是不是我喜歡的某個人？

第
4
章

告白

而麥不是，

他沒有顯而易見的優點，也沒有什麼嚴重缺點，

我覺得很神奇，

怎麼會有人是這樣呢？

我一直都很想問他這個問題。

麥不是一位五官清秀、皮膚白皙的孩子，加上戴著金屬框眼鏡的平凡樣貌，遇上天氣過熱或是太冷時，口鼻處就會長出泛紅的斑點，或多或少給人身體羸弱的印象，那也是他在外貌上唯一獨特之處。

麥不是老師們喜歡的學生類型，他成績不好，不是籃球比賽中吸引女同學注意的那種男生，也不會說笑，更不是能配合現場氣氛的人。雖然不在意能否吸引大家注意，卻也不是過分沉默寡言、毫無自尊心。麥與其他同學的差異在於——均衡，這是我的觀察。在他人眼裡，麥沒有任何出色的地方，卻有默默收拾善後的能力，我認為這就是他整體人格的平衡感。

不論是我，還是其他女同學，都認為這年紀的男同學還沒有能力控管個人特質與情緒，一般都會僅有某項特質特別鮮明，臉蛋稍微好看的就會有奇怪的傳聞；稍具親和力，跟誰都可以馬上成為朋友的人，會被女同學視為劣等動物，瞬間引起公憤。也有那種數學與科學成績都很棒，幾乎是天才等級的人，卻只像機器般接收命令，沒有休息，也沒有任何同學想跟他們說話。在全班輪流寫的交換日記中，有一位文采令人驚豔的同學，雖說那位同學文筆好，卻始終無法抵銷他被霸凌的事實，因為這位同學的體態豐腴，但飲食絲毫不懂得節制，連制服都要特別訂做。任何時候都能見到他將食物塞進嘴裡，被老師抓到上課偷吃的次數多到數不清。其他同學們都說他像是有味道的豬，當時的我們絲毫不覺得對他人說出這種評語是殘忍的行為，因為我們還沒有學會寬宏地對待他人，或是看待自己缺點。

而麥不是，他沒有顯而易見的優點，也沒有什麼嚴重缺點，我覺得很神奇，怎麼會有人是這樣呢？我一直都很想問他這個問題，當然也想問其他的事情，在我眼裡，麥的一切都很好，跟他越熟，就越能發現他的新優點。

但我沒有自信，所以只能默默地看著他，也不曾覺得心痛或是身體發熱。我思考著必須要在打開配對數據資料庫之前，先見麥一面，若不問麥那個問題，我想我無法成為一個孩子的母親。

電話那頭的麥，以驚慌的聲音接起電話，他沒問為什麼我想要見一面。我在麥當勞坐下等他，看著他拿著黑色塑膠袋，圍著圍巾走了進來。麥朝我走過來，丟出他對我說的第一句話：「要吃什麼？」三年來都在同一班，我們卻沒有向對方借過一支筆，要求對方椅子挪開借過一下，從來都沒有。

麥的這句話，如我預想的「沒問題」，話語中卻讓我感到些許陌生。

我食不知味地吃著起士漢堡、喝著可樂，麥問我：

「妳考上大學了？考上哪裡？啊！那家啊！好棒，恭喜！我認識的一位學長也在那邊，那學長很有趣，妳進去之後可以找他。我也考上了，喔？妳怎麼知道？原來如此，嗯……對，分數有點不夠，所以導師說乾脆就填那邊……。」

斷斷續續地、沒有連貫地，持續著氣氛詭異的對話，好像應該要盡全力地慢慢吃才對，但起士漢堡轉眼之間就吃完，沒了。好像應該要約學校前面新開的那家鬆餅店才對，但那邊又太引人注意。我好笨！為什麼沒有慎重思考呢？就算不想選個看似成熟，或是很俗氣的地方，再怎麼說，麥當勞都是過於心急的選擇，看看周圍，完全沒有我們學校的同學，隔壁桌是兩位大嬸，吃著薯條，壓低聲音地聊著不知道是什麼話題。

「所以，喝過中藥了嗎？哪裡？哪一家配的？聽說喝中藥很有效，不知道是真的還假的！什麼湯？咦！那不是女孩子喝的……男生也可以？嗯？對，是啊，要喝喝看，先喝一段時間，才能知道有沒有效果……」

在那兩位大嬸隔壁桌的我們，麥顯得禮儀得當，語氣卻不帶冰冷地提問，我看著並未顯露任何無聊表情的麥，和他相視而座，聊著天，好似我們過往三年常像這樣一起吃飯、一起聊天。但我反而有點受傷。他不覺得我突然找他很奇怪嗎？還是他根本誤認為我是其他同學？不得不令人疑心。

「我家孩子昨天突然問我：『媽媽，妳覺得這世界公平嗎？』突然之間問這是什麼問題？我就反問為什麼這樣問，那孩子就說他覺得不公平。說他們班有人沒有錢，連午餐都沒得吃，可是媽媽，媽媽跟爸爸住在大樓裡，不用工作也有飯吃，但那個同學沒飯吃，一整天都餓著，這世界不是不公平嗎？妳聽聽，我這孩子居然這樣跟我說話，我真的氣得不知道該說什麼！養孩子根本不知道要做什麼，根本一點用處都沒有，我是為了聽到這種話才這樣辛苦養他嗎？什麼不公平？真的是氣死了，我就這樣回應他！管理那些讓人生氣的房客，別人都漲價了就我沒漲，該同情的、不該同情的，都同情了，累得半死，這孩子懂嗎？妳也知道，只能從父母那邊繼承一小塊地、一間房子的我們就不辛苦嗎？妳說是不是？我真的是內心怒火沸騰，真的忍不住了才脫口而出說：什麼不公平？是啊！這世界就是不公平，別人家的小孩可以拿到車送給父母，你什麼都有，什麼都能吃到，怎麼還是這副德性？」

隔壁桌的大嬸看似沒有要結束的跡象，我氣到一口吞下冰淇淋，再也無法忍下去，收拾包包起身，麥看了我一眼，也跟著迅速整理了桌面。

在冷風刺骨的天氣裡，我們走了幾分鐘的路，要進去咖啡廳？還是進去像唱歌房的地方？我又一次鼓起勇氣，走向學校後側小巷弄，走過一段路往公園方向前進，這裡雖然是我們學校學生常會出沒的地方，但零下的溫度，應該不會有人到這邊。到達公園路口，麥環顧四周後，找到販賣機買了兩瓶罐裝熱咖啡。

我們坐在長椅上，公園比我想的還要冷，一開口就會冒出水蒸氣，圍巾發出口水的酸澀味道，罐裝熱咖啡好像沒什麼用處。我只想著要走進某條道路。我像個笨蛋一樣，所有的一切都這麼說明著。

「不冷嗎？」麥問道。

「冷啊。」我傻傻地回答。

這麼冷，為何還沒有下初雪？氣候異常的時間太久了。麥這樣說。應該要買個暖暖包的，對了！我有暖暖包！妳知道暖暖包的原理嗎？因為只要戳一戳……

麥開始解釋暖暖包的原理，那一瞬間我懂了，我那長久以來微弱的預感。在這冷冽的寒冬中，忍受著坐在這不適當的場所還發著抖，並持續這樣的對話，更怪的是我將要對麥說的話。不能再拖了，再這樣下去身體就要凍壞了。

「那個，我有問題要問你。」

「嗯？」

「你……那個檢查……檢查合格嗎？」

「啊？」

「委員會……檢查……」

麥沒有說話，我根本不敢看向他，我深信他應該是要回答我

「沒有」，機率上應該是如此，畢竟合格的機率如此低，加上過去

三年的時間，麥不太可能與我在同一個時間點合格，然後開始找尋孩子的母親。我應該是為了聽他說「沒有」而出現在這裡的，我不過是想要帶點希望，企圖想要擁有更像決定權的決定權，就這一點我十分確定。

然而我聽到的答案令人出乎意料。

「啊！那個檢查……嗯，孩子……出生了……去年。不，不是我們學校……沒有，沒有結婚、也沒有住一起，就只是……沒有聯絡。」

難以忍受的沉默持續延長。

「……被領養了，所以沒有照片，大家都是這樣的，所以就……」

我終於找回聲音，喃喃自語地說：原來如此。

罐裝咖啡灑了出來，咖啡沾到了外套，我像個精神有問題的人一樣，竟想用手去擦拭，明明無話可說，卻還是冒出了不少話。

「不，不要對不起，我只是都不知道……我，不久前我的檢查出來了，如果、如果、如果可能……。」

「不，不是，是我該說對不起，忘了吧！就當成聽到瘋話，就忘了這件事情吧，不要跟任何人說。」

「反正我們都要畢業了，我還能跟誰說……」

「是啊……」

「等等！」麥喊著。

我回過神來時，發現自己已經離開長椅飛奔似地往公園入口處前進，奇怪的是身體好像麻痺了，感覺不到寒冷，麥跑過來，然後握住我的手。

「不要走！」

「……」

「妳，喜歡我嗎？」

「……」

「我們交往好嗎？」

麥問我。

我就只是站在那邊，想著剛剛自己耳中聽到的話，我好似全身被尖銳的刀刃插著，我的身體好似被尖銳的刀一片片割下，看著站在我面前努力露出微笑的少年臉龐，他的鼻子因為冷風而紅通通的，嘴角則是有幾個泛紅的斑點，冒出了幾根先前沒有處理好的短鬍鬚，他的臉龐好似掩蓋了一股沉重，是我所無法想像的沉重，同時還帶有聽到告白時無法掩飾的喜悅，以及內心的得意洋洋。

如果他是我無意間在路上遇到的人，那該有多好，但他說的對，他的平凡就是他具有的特別魅力，麥等著我回應，他的手好溫暖。

第5章

無可選擇

聽到心中發出如同紙張一般窸窸窣窣作響的聲音，

不知道是被什麼覆蓋住的那些紙張，

只能自己不斷反覆擰緊，又再次放開，

再毫無力氣地收起。

各大學接續發布合格通知，缺席的同學也一個個出現，但畢業班的同學若沒特別理由，都還是會繼續到學校上課。女同學們宛如事先約定好，全都塗上深色唇膏，開始減肥，改變容貌的人也不少；男同學們則是頂著刺骨寒風，在運動場打籃球，或是看著從家裡帶來的漫畫，要不然就是像冬眠的動物一樣，趴在桌上補眠。我則是戴上耳機，反覆聽著其實並不喜歡的當紅歌曲。

如果可以不用見到面的話，真希望別看到麥，但可能到放假為止都會每天在教室裡看到他，他一身綠色羊毛衫與圍巾，還有那天握住我的那雙手，實在找不出方法可以迴避，但我依舊沒有缺席任何一堂課，雖然想著乾脆就待在家裡好了，又覺得這樣好像就是認輸了。

那天之後，沒有機會再與麥談話，四目相視時，有一半的情況是我會先行迴避，另一半的情況是直到我覺得很累為止，我都會直視麥的眼神。說不定麥會主動搭話，但麥並沒有那樣做，一開始的兩天，麥好像有一點疑惑的眼神，在那之後，我就想不起他的表情，記憶整個消失了，全部。咦？我們之間難道有過什麼嗎？根本就沒有發生過什麼事情啊。

我聽說委員會會協助十幾歲父母所生下的子女，進入下一階段的領養事宜，而國家關心的，嚴格說來是出生率，但生下的孩子由誰撫養則是下一階段的事。這世上想要孩子的人很多，所以代替生理父母養育小孩的權利，也是國家在這第一階段計畫的內容。

因為有這樣的事由，結婚與養育也成為可能的選擇，當然國家沒有堂而皇之地勸說領養，若小孩出生後不直接養育，則需要經歷相當複雜的程序，優惠也會減半。然而有些人會認為，站在我們這群孩子的立場來說，或許送養是一正確的選擇也說不定。在這個難以受孕已成為日常的世界，給能給的、收該收的，雙手一揮繼續走本來想走的路，對麥來說，那個承繼自己生命出生的孩子，以一個孩子的存在而言，還有許多更大、更沉重，我無法預測的責任也說不定。或許，麥的人生比這些事情更重要——要上大學、要開始新生活、要交女朋友，所以麥才會對我提出那樣的問題，若是在另一種情況下聽到這種話，我想我會開心地睡不著覺。

但是，我害怕。我和麥，我們才十九歲這個事實，讓我非常害怕，我想起那天晚上麥露出的複雜表情，原來不能跟任何人說的祕密，就這樣好長一段時間藏在他心中，好可怕。我認真地想理解，他不過就是做了該做的事情，但我內心依舊害怕。而更可怕的是，不知道從哪邊開始傳開以我與麥的對話為名義的不實內容，明明沒有發生過的事情，卻不容我辯解。我們真的承擔得了這一切嗎？我與麥可能連再一次對話的機會都沒有，但我不傷心，傷心在某種程度上只是培育淚水而已。我的內心就好似某個遠方國家的峽谷，被切成兩半一般，而我走在那中間，卻絲毫感受不到雨水的滋潤。

如果我早一年收到合格通知，並如同謊言般地生下麥的孩子的話……如果是這樣的話，麥現在是不是會跟別的女孩提出交往的要求呢？那個不知道在何處牙牙學語的麥的孩子，長什麼樣子呢？我無法想像，那已經遠遠超出我的想像能力範圍，在我的位置上，只能看見穿著綠色羊毛衫坐在位置上、托著下巴看書的麥的背影。我戴上耳機，閉上雙眼。

我打開數據資料庫，輸入個人資訊後，經過三道資安程序，跳出警告視窗。

本數據資料庫是國家機密，嚴禁本人與直系血親外者閱覽，若有告知他人，或是許可他人閱覽之情形，得依相關法律處以嚴重處罰。

畫面是與我同時期登錄為「準爸爸」的男生目錄清單，有一千四百八十二名，照片與姓名、年齡、剩餘時間，以及精子等級等基本資料，點進去的話還可以看到詳細資料，他們應該也會在這一目錄名單中看到我的名字與照片，猶豫著到底要不要點進去看。

我依然賣力地抑制著，不要將這想成好像是走進超市大門、一一掃過架上陳列物品的一般行為，這是不對的，因為一旦這樣想了，就會沒完沒了。

「這是人與人之間的約定，是為了將來找尋共同締約的人。」

我想起級任導師的這句話，但我已然無法就這樣輕易地點選其中任何一個人的名字。

媽媽說過，在她年輕的時候，遇到爸爸之前，曾經報名過所謂的婚姻介紹所，當時外婆在沒有經過媽媽同意的情況下，在媽媽大學畢業之際登記報名，當時外公的工作穩定，所以付得起昂貴的報名費，媽媽還因為這樣跟外婆大吵一架，最後跟那間婚姻介紹所交涉後，以沒有使用過約會次數為由，才成功退出。

我是小學六年級時聽到這件事情，記得媽媽說過：結婚要跟真心相愛的人，所以我討厭這樣，如果就這樣看著條件而選擇在一起，不是白痴就是俗物才會做這樣的事情吧。我不太確定俗物正確的定義是什麼，只是沉默地聽著，早知道會變成這樣，應該要走出去看一次。「這樣急跳腳有什麼用？」媽媽笑著說。媽媽與真心相愛的父親結婚，父親卻留下我們，獨自面對這漫長歲月，對於選擇我父親這一決定，媽媽似乎有後悔的感覺，但也可能是媽媽當時的玩笑話，或是笑著帶過的話題。是啊，當時的媽媽與父親，尚未體驗在醫院發生的那件事。

看著我坐在電腦前盯著資料庫的媽媽，不發一語，沒有囉唆地開口要我好好找、好好決定，也沒有給我一點建議，稍微看了一眼數據資料庫之後，媽媽嘆了一口氣說「我出去一下」，就急忙走出家門。

媽媽是保險業務員，與爸爸分開之後，透過親戚介紹，獲得這份工作，因為三、四十歲這一階段生病的人數增加，對保險的需求量也因而大增；但媽媽的業績不太好，根本拿不到優秀保險員的獎金。要說服他人保險的話，需要社交能力，但我所認識的媽媽根本不是那種個性，就算說明對象是來到家裡修理地暖的大叔，媽媽也扭扭捏捏無法完整地說清楚，連在市場討價還價都常常猶豫不決，躲在我身後，讓我去砍價。放假時的媽媽幾乎不說話，不停地含著喉糖，讓我擔心，要不然就是毫無活力地看著電視畫面，臉上滿是疲憊樣。這樣的媽媽，每日該如何面對陌生人，向陌生人說明他們的未來，並且讓他們在要保書上簽名呢？每回看到在路上朝我走來的推銷員時，不知為何我總會想起媽媽，無法輕易地對他們露出不愉快的表情。

滑鼠上上下下地滾動，若我放棄配對的話，幾乎可以斷定媽媽可能要借錢才能籌出我的學費；若要還這筆債，媽媽可能要不斷開發新客戶，簽下更多保險要約書，過著含喉糖如喝水般的日子。想起媽媽，我就會覺得我該做出對的選擇，要好好檢視這些資訊，做出決定下半輩子的選擇。我看著電腦畫面，窗外落日晚霞才正開始，三個月的時間，已然又少了一天，消失了一天，雖然閃過恨某個人的念頭，但這一念頭並沒有讓窗外天黑的速度放緩。

聽到心中發出如同紙張一般窸窸窣窣作響的聲音，不知道是被什麼覆蓋住的那些紙張，只能自己不斷反覆擰緊，又再次放開，再毫無力氣地收起。

第
6
章

我不幸福

但她沒有走進剪票口，

反而是站在離人群有一公尺之遠的圓柱旁，

好似從購物袋中拿出什麼來，

是一桶桶捲起的紙張。

「請與父母親一同過來，不能只有同意書，先前因為輕易用了網路下載簽署的同意書，事後出現很多問題，所以現在我們改變了雇用方針。最近的高中生真的沒有什麼不會的，說會做，做著做著卻又說不做了，在客人湧入的尖峰時間突然就說放棄，還完全聯絡不上。上班時間不斷闖禍，連簡單的結帳工作都做得亂七八糟。他們好像都不清楚他們的父母世代是如何咬緊牙根苦過來的，把這裡當成什麼遊樂園嗎？我們不需要那種工讀生！再過幾個月就要畢業？那為什麼不能再等幾個月，當了大學生再來呢？」

不論何時總是帶著笑臉接受點餐的麥當勞經理大叔，聽到我想找打工之後臉色一變，整個情緒大爆炸，臉上沒有一絲歡迎的表情，卻露出業務般的微笑，慘白的一張臉像極了毫無血色的娃娃，就這樣站在入口處。

走過十幾家咖啡專門店與便利商店，結果都一樣，只換來痠痛的雙腳和一身疲累，以及超過一萬韓幣的咖啡錢。大叔說再過幾個月就可以自行決定了，為何要這樣心急？但是，這幾個月要怎麼熬過去？我不知道。在這個應該要趕快物色孩子的爸爸的時間點，會有人像我一樣去找打工嗎？這是富有的煩惱嗎？可能吧。然而，我就算吃了飯也覺得餓，因為內心的那一絲不安，讓我不時感到飢餓。從包包裡拿出巧克力棒塞進嘴裡，然後吃下一顆又一顆的糖果，如果我說是因為錢要打工的話，會怎麼樣呢？我單純這樣想著，只覺得揮汗勞動也不錯，可是每個地方的門都緊閉著，難以進入。

只有一個地方，願意接受即將畢業的高中生打工，是以調查產品喜愛程度的電訪員工作，這是個簡單的工作。我依循廣告說明找到的辦公室，位於一棟有銀行與診所的大樓。許多不到二十歲的孩子們帶著一臉緊張的表情，坐在沙發等待叫號。

三人一組面試，面試官說要簡單的自我介紹，所以第一位面試者正開口說著，她是一位短髮配戴髮夾，身材纖瘦的人，但她的聲音與外貌截然不同，相當有活力，她說她從國中開始就在家裡的店幫忙，也做過服務業、配送員、櫃檯等工作，不管什麼工作都認真努力地準備，並享受其中，座右銘是「愛就是生活」，現在想做的事情是先找工作用心賺錢，存夠學費之後，再進大學。總有一天要成為晨間廣播節目的ＤＪ，撫慰一早就忙碌準備，踏上上班路的人們的心。

第二位面試者有著一頭長髮，綁著馬尾，站在她身旁的我頓時被她成熟又甜美的聲音嚇到。她的夢想是想要成為建築師，大學也是報考建築學系，而且已經確定錄取，想趁大學生活開始之前找個打工，累積社會經驗。又因為想預習建築相關課程，所以最近都跑圖書館找一些論文來閱讀，她還說出了幾個建築學者的名字，就那些學者們的理論比較侃侃而談，這一切似乎都理所當然的樣子。但對我來說，那些名字我都是第一次聽到，我彷佛身處夢中，享受著她美好的聲音。若說第一位具有令人欣羨的正向態度，第二位就是具有難以侵犯的知識性與令人稱羨的氣場，兩個人各自用不同的方式令我敬佩。我既沒有協助家人生計的經驗，更沒有思考過未來，只是下定決心要打工，但就是不想幫陌生人點餐，也有點害怕打電話，所以才會想電訪員的工作會不會比較好？為什麼大家都可以說出那麼多證明自己能力的事情？我不懂，只覺得好不公平，因為我與那兩個人一同坐進面試區後，就很難不去想，錯的好像不是那個場合，錯的應該是我。

面試官第二次叫我的名字，我終於有了回應。

「為什麼一副想逃走的臉？想逃嗎？」

「……什麼？」

「請說說看自己的優缺點。」

很簡單的提問，以面試官的角度看來，是一題沒有任何疑慮、非常安全的提問，我故意露出自然的表情，開始思考要怎麼開場，但過了十秒、三十秒、幾分鐘，卻還是說不出那第一句話。

在一片紅綠相襯的樹葉上，掛上燈泡與聖誕紅，聖誕節來臨之際，放上玻璃製麋鹿，不景氣好像是另一個世界的故事。在星期六白天的江南街道上，人群就像剛出爐的一盤盤餅乾一般，不斷湧現，所有人的臉上都掛著愉快的笑容。街道上有不知道在跟誰通話的男性，從各個角落傳來的腳步聲，是繁忙腳步聲，身著整齊乾淨服裝的女性，而我背著老舊斜背包緩步走著。

說真的，我不認為刊登在地方報紙裡的工作就一定很輕鬆，即使只是打工，也可能會出現「我應該可以做更好的工作不是嗎？」的想法。看來是落選了，連要我等待通知的場面話都沒說。也是，面試的時候半句話都沒說的面試者，如果我是面試官，會讓她合格嗎？又不是瘋了，怎麼可能。

心情疲乏無力，開始覺得餓了，走進前方的路邊攤，站在破爛的遮陽板下，點了快要泡爛的辣炒年糕與炸物，正在喝水時，旁邊傳來熟悉的聲音。

乍聽之下，還以為是希娜，不論是她弱小的體型、沙啞的聲音，還是顴骨外顯的側臉，都非常相似。這位女生懷裡抱著一個寶寶，不知道這寶寶是女孩還是男孩，是一位頭髮不多、雙眼烏溜溜，臉龐白皙的寶寶，那女生眨了眨眼，很像，卻不是希娜，因為她的臉更長，鼻子也長得不一樣。

看起來年齡與我相仿的這名女孩，一邊安撫著懷中寶寶，一邊快速地將紫菜飯捲塞進嘴裡，一群女孩吵吵鬧鬧地走近這間路邊攤，帶著敬畏與羨慕的口吻詢問：「幾個月了？剛過週歲？啊啊！」像上班族的年輕男性好似來自遙遠國度，對著新鮮光景想拍照，自己卻不想加入合照。「來！我們一起來拍張照片好嗎？」女孩們雙眼一亮，拿起手機準備照相，而那女孩用餐巾紙擦拭嘴巴，禮貌地拒絕合照。將錢遞給老闆，向老闆說謝謝之後，就離開這個路邊攤。

我沒有打算跟著她走，只是捷運站剛好在同一個方向而已，那女生好像很急的樣子，不過因為手抱著寶寶而無法走太快，在離我幾步路前的那女生的腋下，好像夾著什麼東西似的，嘩地掉了下來，但她卻沒發現，只是繼續加快腳步，我走過去撿了起來，是一隻附襪子的小孩長靴，轉頭一看，發現從那女生腰間露出的寶寶的一隻腳，光溜溜的，沒有穿鞋。

「小姐！」我喊了她，但她沒聽到。走進捷運站的人有點多，直到走下階梯之後才終於找到她，把長靴跟襪子遞給她，她好像嚇了一跳，欠身跟我說：「謝謝您。」她扭著腰想要幫寶寶把鞋子穿好，但因為穿著厚重的外套，側身又有寶寶背帶，背上背著後背包，手上拿著購物袋，看起來不太容易。我幫忙扣上寶寶的鞋釦，她再一次向我鞠躬。

我轉身走了幾步，又回頭望向她，但她沒有走進剪票口，反而是站在離人群有一公尺之遠的圓柱旁，好似從購物袋中拿出什麼來，是一桶桶捲起的紙張。她用身體將一張張捲曲的紙張攤平，用膠帶貼了起來，因為她懷中有寶寶，必須要雙手一起做，路過的人都覺得她奇怪，不斷看著她。

那上面是這樣寫的。

反對國民未來重建委員會的妊娠與生育政策。

沒有接受過特別的訓練，沒有人教過，對於與自己有關的事情，就會本能地知道那是什麼。一直以來，就算不是個起眼的孩子，我也總是認真做到最好，也盡量做到不讓其他同學覺得我很怪，盡量不引起他人矚目。能引起老師注意雖然是件好事，但長期來看卻是相當不利的因為某件事情很優秀，可以受到老師的稱讚與矚目，但中午吃飯時，一起吃、一起午睡、一起聊天的是同班同學，並不是老師啊。我沒有她那樣能夠承受眾人眼光的勇氣。

進入高中後，好幾次都想在上課時間舉手發問。

「這一段為什麼要這樣解釋？那篇文章作者可能不是那樣想的，不是嗎？那個案件真的是這樣解決的嗎？這跟新聞說的為什麼不一樣？為什麼不是用教科書，而是用數學公式上課呢？老師，您說的，我有一半都聽不懂。」

不論內容是什麼，也與那個提問可能會出現的結果是讓自己形象提升，或是下降無關，總之，不提問比較好、按捺住自己的誠實會比較有利，我從來沒有提過任何問題。但那些好似花生殼沒有內涵般的玩笑，卻能掛在嘴上說，還會迴避稍有一點突顯自我的可能性，不管是筆，或是筆記本等等的物品，或是我自己的想法，不想說同學們說過的話、做過的事情，卻也不想太突出、不想成為標靶，我小心翼翼，最後只能停留在這一安全的領域中，也無法交到真正的朋友。

不！曾有一位把我當朋友的人，我卻沒有給她足夠的時間認清我，希娜在表現自我這一方面算是失敗了，所以她以那種方式消失在學校。而麥對這些事情卻很在行，或許我不能說是喜歡麥，就只是羨慕麥的能力而已。

我知道高中一畢業，所有事情就會以飛快的速度迅速改變，上了大學就要做到最好，要裝扮自己，要寫出與眾不同的報告，令教授驚豔。除了學分之外，還要參與校內活動與累積社會經驗，還要懂得行銷自己。若不繼續升學，而是選擇就業，就會更早面對嚴峻的考驗；除了要考證照外，是女生的話還需要減肥，更有能力的話必須接受整形手術；如果什麼都沒有的話，就要搞出一個名堂來，要不然，會因為太平凡而漸漸變得寡言而沒有自信，過於慎重則會被解讀為愚笨。明明國小、國中、高中這十二年來，努力不懈地被捏塑成書蟲似的生物，畢業的同時卻被要求要站上台，甚至還得大聲嘶吼說：「這就是我！」這不是一件好笑的事情嗎？但就算這樣想也無濟於事，而我是否就是因為不懂得那樣嘶吼，所以才連工讀面試都落選呢？

看著在熱鬧的捷運站內，進行一人示威的她，一開始感到些許違和感。她表現的方式很奇怪，懷中抱著沉睡的寶寶，然後她手上居然拿著與寶寶的存在完全立場相反的宣傳文字！身著紅黃色的服裝，誇張地喊叫，不是要表演，卻像是戲子。話說回來，她全身上下，包含她本身的存在就已經極具衝擊性，好似無論如何都想要吸引目光的一頁廣告。

牌子上的文字內容很簡單。

依循國家的要求做了檢查，因為法律規定如此，接著收到了合格通知，想著自己很幸運，毫不遲疑地當上媽媽，而獲得各種補助。但是，我不幸福，應該要幸福的媽媽，卻認為在這整個過程中，我的自由被剝奪。我愛我的孩子，但我不願在這不自由的世界養育我的孩子。

人們走過她身邊，多半沒有任何反應，多數人只淡淡一笑，將她當成路邊的一樣物品，一群人壓低音量竊竊私語地討論著。「她說她不幸福？真的太閒了！」「真的。」這樣說的人還會加上一句：「一定是跟孩子的爸處不好，要不然，何必做這種事呢？」

戴著帽子，雙手交叉在背後的一位老爺爺，用一副實在是忍無可忍的表情走向她，大聲說：

「喂！孩子的媽！年紀輕輕的，怎麼那麼不懂事？妳這樣有資格當媽媽嗎？這麼冷的天氣不餵孩子喝奶，在這裡做什麼？不幸福的話，妳抱著的這孩子又該怎麼辦？是不養了嗎？是要塞回去肚子裡？還是想要殺死他？」

她沒有露出驚嚇的表情，就算老人大喊著要叫警察，她依然以平靜的聲音答覆老人。

「老先生，不是這樣的，我只是想表達，我的自由與人權被忽略了，我需要我的自由跟人權。」

「自由？人權？妳這人，妳給我清醒點！妳媽媽當初在養妳時，有想過自由和人權嗎？她不也是這樣走過來的！生之前就要想清楚啊！沒有自由？這孩子不是妳選擇的嗎？誰逼妳生了嗎？沒有嘛！那孩子不就是妳自己選擇要生的嗎？」

老人舉起手，那女生瞬間閉眼瑟縮了起來。

下一瞬間，我驚訝地發現我不知道自己人在哪裡、又做了什麼，只發現自己抓住那老人快要打向她的手。一陣騷動之後，站務員跑了過來，上上下下打量了她之後說：

「在這裡不能做這種事，請問您取得許可了嗎？」

原本熟睡的寶寶因為這陣騷動而哭了起來，她為了安撫寶寶，一時沒有回應，人們開始圍繞著她，老人雖然被拉離開，但依然忍不住憤怒地不斷責罵。「許可，請問您有獲得許可嗎？」站務員以厭倦的聲音再次詢問。

「據我所知一人示威不需要申請許可。」

聽到有人這樣說，我再次嚇了一跳，那不是我自己的聲音嗎？

哺乳室的門是鎖住的，雖然沒有被廢止，只是餵奶的人逐漸變少，所以漸漸沒有人在使用哺乳室。因為寶寶啼哭不止，不得已之下，那女生只好走進化妝室，稍作猶豫之後打開其中一間廁所，隔著那道廁所門，我聽到寶寶哭聲漸漸平息，我幫那女生提著她的提袋跟背包，站在門外，想著居然在骯髒的洗手間餵奶，就覺得孩子好可憐。一定要這樣做才行嗎？孩子有什麼錯？他們又無法選擇是否要出生在這冷漠的世界，就算有什麼事情也該先保護孩子才對啊！我無法理解，然後想起希娜。我帶著奇妙的情緒，不停地踩踏化妝室的地板磁磚，一半是想幫忙，一半是想趕快脫離這不合常軌的情況，回到熟悉的環境。

但並不是回到熟悉的環境，一切就會恢復正常。

「對不起。」女生打開門後這樣說道。她懷裡的寶寶，一頭刺刺的短髮，好似玩偶般笑咪咪地四處看，一副剛喝完奶心情很好的模樣。「謝謝，謝謝妳的幫忙。」她雙眼沒有直視我，而我也只是帶著我的情緒，默默地為她打抱不平。

「我像個瘋子對吧？」邊扣上嬰兒背帶釦的她這樣問道。或許她真的是瘋了也說不一定，就像剛剛那位老爺爺說的一樣。

她等待著列車進站，我坐在她旁邊，那孩子對著我笑，她就像在為自己辯護一般開口說：

「平時，我都覺得自己是個不錯的媽媽，很適合母職，一直以來都很開心為孩子換尿布、做副食品，從不覺得養孩子很苦，也刻意不用保母，堅持自己親手帶。可是一回過神後就變成這樣，像這種情況，必須要在很冷、很髒的化妝室裡餵奶，還要拿著『我不幸福』的牌子，不管孩子有沒有在哭，我、我……我到底該怎麼辦？這，我是不是瘋了？」

我不知道該怎麼回覆，我只是一時衝動之下幫了忙；但對她的處境，我的情緒是矛盾的。有那一瞬間，就那麼一瞬間，我懷疑她懷中那個孩子不是她的孩子，甚至覺得肯定是從哪邊抱來的；但另一方面我又很想跟她說，我也是，我也不知道該怎麼辦。

「我丈夫真的是無話可說的好，他看著孩子的眼神充滿愛，常會看著孩子哭哭笑笑的，所以當我拿著這樣的牌子走出來時，都會覺得有深深的罪惡感。每每回到家之後靜靜想著我所擁有的一切，都覺得我應該帶著感謝過生活。但是……但就是會忍不住懷疑，這真的全都是我自己選的嗎？為什麼我總覺得不應該是這樣？也不是想說一人示威能做到什麼，更沒有指望我站在那邊就能改變什麼，我只是喘不過氣，想說出現在的感受而已。我不幸福這件事情，完全沒有人知道，我真的覺得很可怕。」

列車隨著轟隆隆的聲響進站，她提起行李站了起來。

「選擇念書，或是工作的話，會更好嗎？不，我沒有那樣想過，我了解我自己，只是有時候，覺得自己就像奇怪的小說中登場的主角一般，有人在閱讀有我出場的那本書，而那人又是另一個我，她是無名氏，就只是個高中學生。還不知道將來要做什麼，應該要思考將來怎麼生活，她對於還未有任何答案的自己，覺得十分寒心失望。」

列車開門，我不知道該說些什麼，就說：「那個，那麼……請您加油。」除了說加油外，我也沒有其他話可以說，那女生卻好像是第一次聽到這句話般笑了。

「不過，另一個我也會對他人羨慕不已吧！沒有答案，只有疑問，應該只能繼續思考。」

列車門打開，她跟孩子上車消失在人海中，當我想到應該要跟著她上車的時候，列車已然出發。

第7章

宛如診間裡的相遇

突然笑了出來，不是嘲笑，也不是惡意的笑容，

只是、只是覺得不就是呼吸嗎？也沒什麼啊。

看著彼此的眼神，還需要費力隱藏些什麼嗎？

我們不過是對彼此的精子卵子等級都心照不宣罷了。

「妳還沒決定對象對吧？有志願者想跟妳見個面。」

諮商中心的徐醫師打了電話過來，就在聖誕節前的某一天，直到那一刻前，我都沒想過要仔細看那份數據資料庫。

國中時曾經參加過一次聯誼，我們班有幾位「比較會玩」的同學，而我則是個子較高，又坐在後面的緣故，所以跟他們熟稔了起來。正確說來，是過得太無聊的他們，老想找樂子，需要像我這種只知道往返於學校、家裡的人加入他們的行列，那一天的那場聯誼就是剛好少了個人，所以讓我補上。我跟著他們到附近的小吃店，和隔壁校五位男同學一起。吃了泡麵炒年糕跟紫菜飯捲，我不喜歡聽他們連珠炮似的話語，所以跟這場聯誼主辦的同學借了件T恤。

但這件T恤前頸是波浪形，胸口有金屬亮片裝飾，穿在我身上根本就是怪異，所以整場聯誼我就一直注意自己的脖子跟手臂，什麼都無法多想。我們一人買了一杯飲料喝著，國中生能去的地方就是複合式遊樂場*，他們邊跳舞邊唱歌，而我翻著歌本，時間結束之後，我們走出來，往市場方向走著。好熱，汗流到腋下都要溼了，中途還去了兩次公共化妝室調整衣著，就這樣而已，之後完全沒有收到任何人的進一步聯絡。

聽說高中畢業後所謂的聯誼，就好像頻繁吃著夏日冰棒似的，

---

* 具備唱歌、看DVD、網咖功能的綜合娛樂場所。

是常有的事情，當然也可能不是這樣，只是網路留言板上出現的聯誼經驗談多是好笑、無聊的內容，控訴對方多麼沒教養、不懂基本禮貌；感嘆或哀怨對方衣著跟頭髮有多怪異，憤怒說著浪費時間與飲料錢，還有對方的性別等等。

看了那些經驗談，我一方面產生好奇心，另一方面又羨慕可以寫下這些文字的人，想到他們不是在一般小吃店，而是能坐在高級餐廳裡慢慢地享受餐點，就算坐在你面前那位異性的外貌令你不滿意，但你能坐在裡面，就是一種富裕的象徵了，不是嗎？雖然我看不到撰文者的表情，但那些文字不知為什麼，總是會讓我聯想到剛出生的小雞，那種帶著柔嫩黃色羽毛的小雞，看起來什麼事都不懂。而我連成為那種小雞的機會都沒有，無法享有破蛋而出的處境。明明他們也是壓抑著大學入學考試所帶來的壓力，不斷懷疑自己是不是人，頻繁地出入保健室；然而現實是，在不同生物學等級，造就不同未來的前提下，必須與喜歡的人分手的人，就會多過於不需要這樣做的人，但他們好像可以忘掉那些傷痛似地自由奔放，但那真的是他們的本性嗎？還是因為他們不需要成為某人的媽媽或是爸爸？若我能夠突破這顆籠罩著我、讓我感到恐懼的蛋殼，我也能成為那種無憂無慮的小雞嗎？不過，話說回來，有哪一顆蛋能夠不經歷小雞的階段，直接成為一隻大雞？

和那個人的相遇，既不是國中時的聯誼，也與過往的聯誼不同。原先我只是在中心的諮商室坐著，接著就與徐醫師一同走下一樓小咖啡廳，等了一會兒，那個人就來了，「希望你們聊天愉快！」醫師笑著說完這句話後，就起身退場。

眼前這個人跟我同年，身高不高，皮膚白皙，穿著一件有著年糕形狀釦子的雙排釦大衣、牛仔褲、運動鞋，方框眼鏡底下是雙大眼睛，那深邃雙眼皮，給人印象十分深刻；我打量他的同時，他也帶著善意打量著我，接著突然笑了出來，不是嘲笑，也不是惡意的笑容，只是，只是覺得不就是呼吸嗎？也沒什麼啊，看著彼此的眼神，還需要費力隱藏些什麼嗎？我們不過是心照不宣彼此的精子卵子等級罷了，雖然穿著衣服，但就如同僅著內衣褲進行身體檢查一般，也不覺得丟臉，沒有時間醞釀怦然心動，就只是如在醫師診療室般的相遇，只要明白這一事實，就會讓內心輕鬆許多。

該聊些什麼呢？我不清楚，只是他好像也是考慮過後才來到這裡。這樣的見面場合很可笑，我知道，卻也都清楚自己沒有別的選擇，才會來到這裡，還有，他肯定看了我的照片吧？結果他竟是看了我那面無表情的照片才選我的，我想我必須承認他的選擇很獨特。

「妳的……」

他開口問道。

「妳的自我介紹讓我印象深刻。」

我反問：「自我介紹？」

是的，有那麼一欄，讓人自由填寫，無論要放照片、文字、音樂都可以，總之就是填什麼都很荒唐的那一欄。

「不要覺得聽起來很奇怪，我就是看到那個自我介紹，才想要見妳一面。」

「我寫了什麼？」

應該是不重要的話吧？因為我已經毫無印象。他等了一會兒後又說道：

「我們要不要先離開這裡？」

第8章

壽司的味道

那天晚上，我仔細地思考這一整天，

最後冒出了「約會」，這一詞彙。

雖然很奇怪，但我居然認為那是一種約會，

接著想起那從來沒有吃過的生魚片壽司。

那人的名字是「警衛」，寫法跟警衛人員的「警衛」一模一樣，是父親取的名字，警衛淡淡地笑著說：「我父親好像期待我能夠成為守護某些重要事物的人呢。」

警衛跟麥不同，他沒有麥沉穩的嗓音，也沒有每一句話都要緩慢、小心地選擇用詞的表情，他的聲音高亢、尖銳，一開始會陌生、小心翼翼地說話，爾後就自然而然髒話連篇。我特別能感受到，自己已經許久沒有跟男生，不！應該是很久沒有跟同年齡的朋友聊天的印象。即將要畢業的現在，我沒有跟任何人聊過天，就只是每天重覆著坐進教室，然後下課回家。

走出中心後，我們進了一家日本烏龍麵店，我點烏龍麵，警衛點蕎麥麵。他用筷子夾起深灰色麵條，吸入嘴裡之後，說：

「這家店歷史悠久，聽說以前還有賣過生魚片壽司一類的。」

生魚片的話題持續著，有背鰭的魚、白肉魚，以及帶有許多脂肪的紅肉魚。警衛說他很小的時候，曾經看過媽媽煮過鯖魚給家人吃；在國小的時候，我也曾經看過媽媽在吃烤魚，不過我不知道那是什麼魚，媽媽也不給我吃，說是太危險。

警衛說徐醫師確實有魅力，但他不喜歡她。

「那位醫師說，人就是要努力進入可以自由吃魚肉、香菇、豬肉、雞肉的世界，雖然那樣說的人很可笑，但那些對吃不到的人來說，就是夠棒的福利和誘因，不是嗎？」

警衛認為出生以來沒有吃過魚肉的人，跟吃過魚肉的人，思考邏輯就是不一樣，累積著神給予人類的那些優惠。無法為下一代做些什麼的人、無法阻擋這種白癡制度的人，都是警衛討厭這一代大人的原因。我想起徐醫師說過的那段話，醫師跟警衛說她曾經在抗議現場被警察拖走過，而警衛如此對我反駁：

「所以呢？被打過、被拖走過，又怎麼樣？不論她當時做了什麼，現在的她進到委員會，拿著高薪過得舒舒服服，說明白點，那個醫師根本沒有親身接受過卵子精子檢查，也根本不需要接受檢查，用那種『人類的未來』一類的美麗詞彙來裝飾，強迫我們配對，卻對在這種方式底下孕育出生的孩子不聞不問，說真的，這種思考邏輯不是太簡單了嗎？不就只是想要提高出生率嗎！」

他的話很強勁，讓我越來越好奇，他有一股我欠缺的坦蕩，那股坦蕩究竟是從哪裡來的？憤怒如此明確的他，為何會出現在這個場合？警衛不發一語吃光烏龍麵跟蕎麥麵，我有點昏昏沉沉地從位置上站了起來。

看著走向櫃檯結帳的警衛，我好像懂了。他從舊包包拿出優惠券，將那剩餘不多的優惠券放上櫃檯攤平時，那一瞬間好像攤平在頁碼之間的動物骨頭，我似乎懂了他的想法。警衛剪下的優惠券上有餐廳名稱——開幕二十週年百分之五十折扣的字樣，我的包包裡也有成堆的優惠券，只有使用地點不同，我幾乎不曾在沒有確認過優惠券的情況下，去到任一個地方消費，或是吃任何東西。

看到警衛老舊的運動鞋鞋跟，我別過頭去，窮並不可恥，我明白。人們好像覺得可恥的是只因為增加了幾寸肉，就是卑劣、就是人品有問題，這些我都知道，但那一瞬間我感到痛心，那根纖細的錘子好像貫穿了警衛跟我。他也跟我一樣，沒有自己的房間嗎？也是跟父母共用房間嗎？他跟我一樣，幾乎沒有想要的東西、想做的事情，覺得自己很奇怪、很倒楣，卻又本能想要清除這些想法的人嗎？所以，就算不喜歡、就算討厭，也來中心登記尋找配對對象嗎？我很好奇。

他像是讀懂我的想法似的，一走出餐廳，又走進不能用優惠券的遊樂場，用幾張鈔票換了銅板，遞一半給我後，他就黏在點唱機前面，按著不同按鈕，開心地轉動唱片。我看著看著也投下銅板，但馬上就後悔了。畢竟像我這種以「猶豫」見長的處事風格，這一款遊戲就像要我讀外語書一樣困難。

晚餐是邊喝著奶茶，在小吃店邊吃，警衛完全沒有提及關於未來的事情，隨後我搭捷運回家。那天晚上，我仔細地思考這一整天，最後冒出了「約會」這一詞彙，雖然很奇怪，但我居然認為今天的行程是一種約會，接著想像著從來沒有吃過的生魚片壽司：乾淨的醋飯放上生魚片，在我的想像中，我閉上眼，正第一次沾著山葵醬油，吃著生魚片，有點腥、有點辣，還有一股陌生的軟嫩口感。

第
9
章

聖誕前夜

說話是件奇妙的事，

本認為這對話沒什麼時，

連我自己都忽略、被擺在心裡的那些事情，

一旦成為話語的瞬間，我突然就懂了，

說不定真的什麼都不是，

但對我來說，那終究也是一個故事。

幾天後警衛打電話給我，我們去看了一部電影，電影裡有幾隻像狼的狗，大雪覆蓋平原，吃了晚餐就解散。

幾天後是高中的最後一堂課，聖誕節的前兩天，我再次見到警衛，我們看著以聖誕裝飾為背景自拍的一對對情侶們，吃著冰淇淋逛街。

那天我完全專注在買東西上，沒想到要拆開包裝，買好就直接放進購物袋裡。明明迎著冷風，卻毫無感覺。那購物袋中好像裝載著學校校外教學結束後的解放感、奇妙感、虛脫感，買完東西後，我們沒有再次對話，共度的時間似乎就這樣結束了，內心滿是被關上門的沉重心情，以及幸好沒發生什麼的心情。帶著這樣的想法，走著走著突然出現了罪惡感，同時我好像帶著被推向未知遠方的恐懼，儘管有些奇怪，卻不討厭這些相互碰撞的情緒。

雖然只是第三次見面，但現在真的是約會。即便我不想用心挑選衣服、梳妝打扮，但我每一次走進化妝室還是會這樣做，一邊覺得自己真的看起來亂七八糟的。不過話說回來，我開始好奇明天會做些什麼？聖誕夜會發生什麼事情？明天他會說要見面嗎？該穿什麼好呢？需要準備禮物嗎？

「對了，妳要去念大學嗎？」

警衛邊把餅乾棒沾了沾熱巧克力，邊問：

「嗯！或許，應該要。」

原本正在想其他事情的我，聽到這個提問後，才有種彷彿從睡夢中甦醒般的窘迫。

「上大學要做什麼？」

「這個嘛……」我回答：「不就是上課、考試、拿學分、穿短裙、準備就業考試嗎？」這是我能想到的答案。大學入學考試、在校成績，再加上媽媽的期待與班導的判斷後，浮現的答案是C大的媒體整合系，而這大家都能夠滿意。不過念這個能做什麼？不過就是這個科系近年來好就業罷了，但不知道這是什麼樣的科系。

「我如果能上大學，有想做的事情，但我沒考上。」

原來如此，我喝了口熱巧克力，不知道為什麼，聽他說他有想做的事情時，我很羨慕。

「這種事情，不知道會怎樣。」

一陣沉默後，警衛開口說：

「我不是因為想有孩子、想當爸爸才去登記的，不！也不是不想，我……我也不知道。」

我瞥見警衛慌亂的表情。

「所以？什麼意思？」我問。警衛下定決心似地開口：

「會有點長、有點無聊，聽了可能會想生氣，不過，妳、妳願意聽我說嗎？」警衛接著說。

——我父母離婚了，在我一年級時，對，我跟父親一起住。父親有段時間很辛苦，一開始我不懂媽媽跟父親為何要離婚，就像其他人的父母一樣，個性不合？不，我只知道是相處著，就覺得厭煩而分手，就我所知沒有外遇，沒發生過那種事情，也不是其中一人太愛花錢，或是欠下卡債，都不是這些原因。

我父親極力表現出正向積極的態度，好像不這樣的話，世界會一瞬間垮掉的樣子。那天，深夜下課後回到家，父親已經默默地洗好衣服、整理好家務，做好點心宵夜在等我了，就這樣不發一語，拿出一整天都沒喝的酒，跟我說：你媽媽啊，是喜歡女生的人。

當然，我不懂他的意思，媽媽喜歡女生？那是什麼意思？我印象中媽媽有很多好朋友，比起我與父親，媽媽好像比較喜歡她們，不過聽了父親的話後，才發現不是我想的那樣，嗯！我媽好像是女同性戀者，她年輕的時候就知道了，但媽媽好像有點混亂。當時的媽媽在經營一間小小的美術書店，一天父親為了採訪書店而走了進來，以受訪者與記者的身分相處一段時間後，事情就發生了。

然後有了我。

嗯，不，不知道。總之就是有我了，至於媽媽當時是怎樣的想法，我無法想像，不管怎麼做就是無法，媽媽究竟是帶著什麼樣的心情結婚、生養我的呢？應該會很煩悶吧！應該要時時刻刻偽裝自己，做自己不想做的事情吧！我印象中的媽媽從來就不是壞媽媽，有時會覺得，媽媽為了當我媽媽，對待我像朋友，有時又如同姊姊般，總是會想著如果沒有我的出生的話，她會做些什麼。

你媽媽是去找尋自己的人生，晚了點，卻是去找她原本想過的人生，父親這樣說道，沒有責怪媽媽。他繼續說：「我只是，有時會因為我不是女生而難過。」那晚，是我有生以來，看到父親在我面前喝酒，沒有搭配任何下酒菜的喃喃自語。什麼？不，我不恨我媽媽，雖然好像應該要恨才對，但奇怪的是我不恨。若問我是否討厭父親，也沒有，就只是、只是想著什麼話都不要說而已。只是覺得不論是媽媽、還是父親，都已經到這個時候了，為什麼要跟我說這些話，真的是毫無對應能力的人。

就只有那一天，在那之後，父親就沒有再提及媽媽，到前不久退休為止，每一天都很用心地工作。

我？我覺得沒關係，直到不久之前。

我畫了漫畫，嗯？作品？不知道夠不夠格稱為作品，但總之就是六歲開始畫在紙上的那些，一口氣整理起來。網站？有過，不過關站了。就只有幾個朋友看過。什麼？不再喜歡畫了嗎？不是。

類型？不，不是搞笑，說是系列作品好像有點可笑，反正就是純情，嗯？誰？哎唷……他們是真正的藝術家，我怎麼能跟那些藝術家比呢？二年級的時候，我畫了某種漫畫，拿給朋友看，要他給我評語，他真的給了我評語後，我就無法再畫了。

嗯？妳問他說了什麼？他說，我的漫畫很可怕。

當時成績還沒出來，教人擔心死了，我的精子等級又上上下下的，所以很傷腦筋。對這些事情實在是覺得厭惡至極，所以就畫了批判精子檢查的漫畫。但一畫好又不知道為什麼主角是個男同性戀者，通過檢查之後，就算是個男同性戀者，也必須跟女生結婚生小孩，即便另有喜歡的人。因為家裡很窮，主角跟交往中的男生見面坦白這件事情，對方先是聽著，然後說對不起這也沒辦法，因為沒有戰勝現實的信心，就說分手吧。

嗯？不知道，我單純只是想畫這樣的故事吧？我以為說出來他就能接受，後來才知道，原來，他那天是要跟我出櫃。

不，他只是朋友，好朋友，就是少數幾個喜歡我畫風的朋友……在我自己的漫畫中，我完全沒有意識到，不論是主角，還是配角登場，都一直是那些人出場，直到他告訴我，我才領悟。而我繼續畫著那些人，那些明明是男同性戀者或是女同性戀者，卻無法對自己坦白，在現實世界裡戴上異性戀的面具，他們都是被描寫成這一類不怎麼好的形象，說謊如呼吸般自私、偽裝親切的人，總為身邊的人帶來傷害的角色。我認為我是為了現實中不得不這樣的他們發聲，而他卻不這麼認為，問我為什麼總讓那些人物登場？他還說我沒有承受過那些事，要我別隨意亂說。帶有偏見是可以的，但不應該用美麗的文體與華麗的色彩包裝那些偏見，為獲得讚美。性少數者當中也有很多人是正正當當地活著，他們不是為了我的故事而存在的調味料，他說，我這種人不應該畫漫畫的。他非常生氣。

他平時不是會對他人說這種話的人，不輕易生氣，也很少說出責難的話。那樣一位安靜的人，好像忍了很久、很久之後，才終於平靜地說出這些話，聽到他說這些話之後，我想我的漫畫確實會讓人心情很糟糕。

……嗯，聽了那些話之後，我就無法再繼續畫下去，認真想了又想，他說的話沒錯，我真的是下意識討厭性少數者，只是因為我母親帶給我的體驗……。現在的我，連簡單的描繪都無法做到。不，有考過技能檢定，所以有畫是有畫，但那不是漫畫，正確說來，不是我的漫畫，所以落榜是理所當然的，我想如果好好學過的話，就可以在知名網漫平台之類的地方連載，但網漫又跟漫畫不一樣，每一格的架構、文法、繪圖等等，這一切都必須要學習。

不知道，這樣的事，妳覺得奇怪嗎？妳現在應該很不知所措。我不太清楚，但妳應該是想當媽媽才會去登錄的，應該也不期待聽到這些話，會心情不好吧？如果是這樣的話，那我們就到此為止。中心如果打電話過來，就說雖然很抱歉，但應該是無法，對不起，我……我只是……

喔？這樣嗎？好的……知道了。我其實也不知道我現在在做什麼，為什麼會跟才剛認識不久的妳說這些事情，好的……謝啦，那既然開場了，就繼續說下去。

其實，我不知道自己的檢查通過了，很不可思議吧？跟父親說之後，父親還問我沒關係嗎？你沒關係嗎？我說我沒關係。其實我根本什麼都沒想，只是……我不喜歡這樣，還不到二十歲，跟不太認識的人稍微認識一下，然後做愛、生小孩、領錢，接著把小孩送去領養，這真的很怪，我不喜歡。

因為得知檢查結果而對做愛這件事情很反感，為什麼我非要這樣不可？我認為做愛是件很美好的事情，妳應該也是這樣想的吧？應該要跟深愛的人做的美好事情，為什麼必須跟精卵等級相當的人做，把這件美好的事情弄成這樣實在很奇怪。啊！當然這樣的相遇也可能會陷入愛河，但是……我就是覺得……這種方式很不自然。

然而更奇怪的是，就算是那樣想，我還是不時地想著，想要親手建立「家庭」這個生命體，雖然在這個令人害怕的奇怪世界、奇怪體制當中，若我真的可以當爸爸，我希望我可以遇到相愛的人並生下小孩，我會深愛我的妻小，永不分開，幸福過生活。

問題是，我不知道我這樣的想法，究竟是我內心的渴望，還是基於想報復父母而產生的幼稚想法。我是說，我怎麼會知道呢？究竟我是恨、還是不恨我爸爸媽媽？我真的想做的事到底什麼？還有，在這種一切都是未知的情況下，我真的可以短短幾個月內遇上某個人、生小孩嗎？我想應該無法，對那孩子而言，終究會給他一個不幸福的家庭，不是嗎？

我……還不知道我是誰，最終結果出爐之前，完全沒有想過孩子這件事情，以前，我想過我畫的畫是我的孩子，所以不論再怎麼醜、再怎麼奇怪，我只要有他們就足夠了，可聽了他說的話之後，我無法再繼續這樣想了。

所以，在陌生關係中，我帶著這樣扭曲的想法，會為某些人帶來傷害吧？我是指那些沒有對我做錯事情的人。

我，像瘋子吧。嗯？啊！是的，話如此多，是從放棄畫畫以後開始的？當再次打起精神之後，就只是愣愣地坐在房間裡喃喃自語，無法跟其他人說這些事情，但是，可以用嘴說，卻無法畫出來，很好笑對吧？

至於妳的自我介紹……說起來，妳也很特別，真的想不起來嗎？到現在都想不起來？妳是這樣寫的，「然而，我還是，我還是有想說的話。」

嗯，不是一句很稀奇的話，不，真的不需要感到有負擔，可能也不會成為負擔，就只是看到那句話的瞬間，就想見見寫下這句話的人，因為……我也是這樣想。

我也有想說的話，可是沒人聽我說，不知道為何，就覺得妳應該會願意聽我說，若不透過中心的話，也不可能找到妳，所以……所以……對不起。

警衛說完後，拿下他的眼鏡用雙手揉一揉他的上眼皮，然後再戴上眼鏡，看起來很累的樣子，初次的印象看起來沒什麼問題的他，現在看來，內心也是累積了很多事情，一想到此，感覺就很微妙。

不論他說出這些事情的原因為何，警衛所畫的漫畫，確實讓那位身為性少數的朋友很不開心。如果我是女同性戀，我會想著，為何在許多可能的情節走向中，偏偏就是選擇畫出會留下對性少數者產生負面印象的故事呢？警衛個人的特殊情況，在這個政治正確的大環境中，確實無處可去，警衛可以做的是克服母親不在身旁的缺憾，努力不讓自己真正的心聲遭到遺忘而已。我想我應該要做些什麼，來安慰警衛，但我不知道該怎麼做。

不過，我……

我為什麼會寫下那樣的自我介紹呢？我本是對這世界陌生，也沒有想說的話的人，登錄成為準媽媽之後，我又比過往更沉默，好像被這層層沉默與汙濁圍住，不是不開心，就是覺得這是我要承擔的，因為在這之後，我就等於是跨過一條再也無法回頭的河，不論將來的事情有多險峻、多恐懼，不論事情走向為何，我都已經一腳踩進委員會的政策中，所以我無法跟任何人辯解。可是，對於我的無言，警衛似乎還是有很多話想繼續接著說。

「我們陷入難以言喻的情況，然而，並不表示我們倆有錯。」

警衛這樣說著。

「還有，我認為越難開口的話，越需要努力嘗試說出來，不說的話，就不會去想，不想的話，就會遺忘。我……會怕，明明內心有冒出什麼想法，若我越忽略，就會漸漸沉到內心深處，結果是會消失，最後連那到底是什麼，就永遠不會知道了。」

警衛說他怕，但猛然一看，若說看似很相似的警衛與我，有什麼本質上的差異的話，我想應該是勇氣吧。勇氣或許可以壓下恐懼。警衛打算吐露出真心話之前，可能會害怕他人聽了以後討厭自己，必須鼓起勇氣才能生出跟他人分享的意志。想必矛盾的情緒，在他內心不斷沸騰之後，話才終於說了出來，說完後，我也覺得他的臉有點不同了。那晚，警衛真的說了很多事，那些我終究無能為力的事情，聽著聽著夜深了，我第一次過了午夜才回到家。

看著媽媽疲憊的睡姿，我開始好奇我的內心深處是不是也一樣？對警衛而言，他下意識不斷畫出與自己媽媽相似的人物，而且往往描繪他們不美麗的樣貌，那種恨，那種微妙的傷痛，那看不見的不平，我是否也在潛意識中這麼想呢？

所以，我登錄為準媽媽這事，不是因為擔心家裡的情況，而是因為看到雙親破碎的婚姻生活，所以才想要組個幸福家庭嗎？這算是一種報復心理嗎？

我喜歡、我想要的，真的是我內心深處喜歡、想要的嗎？還是只是為了反抗父母而已？我是否是個獨立個體？我下意識想些什麼，我怎麼會知道呢？頭好痛，無法停止思考，等到終於睡著時已經是凌晨四點。

隔天我們又見面了，一時忘了那天是聖誕夜，其實我有點累，卻想要聽警衛說話，所以約好了要見面。第一次聽到有人如此誠實地說，說得那樣多，所以不想就這樣結束。

街道上，許多人正以自己的方式過聖誕夜，人多到讓我們每到一處都要等好久，就算有位置可以坐了，也只能坐一小時左右。不過那不會不方便，我們交換著付錢，最後走進便利商店吃起杯麵、喝著牛奶。拿著等待編號聽著警衛說話，移動的路上也聽著，周圍彷彿都是宣洩的音樂。

這樣一來，我倒是想看看警衛的畫作，先前的他，不是用說的，而是用線、面與色彩，畫在紙上，我開始好奇警衛畫出的那個故事。對我來說，那不是留下聲音與氣息，而是捕捉如同一閃而過的笨重黑白汽車，這樣栩栩如生的事物，不畫有點可惜。就這樣，好像有什麼東西進到我體內；正用腳踢著我的肚子，搔著我的肋骨，跟我說，叫我不要忍了。

雖然難以開口，但那天是第一次講這些事。

關於希娜、關於麥、關於媽媽、關於曾經與我一同用午餐，一同說笑的同學，以及為何我與那些同學只是一同用午餐、一同說話，沒有分享其他事情的原因，關於我的步伐、我的視野與世界有多狹小，還有自己清楚感受到的事物，有多麼痛苦，以及那些渾渾噩噩度過的日子。

一旦遇到該做的事情，連想做、還是不想做都不知道，好像把自己捏成人偶般的心情一樣。

說話是件奇妙的事，本認為這對話沒什麼，連我自己都忽略、被擺在心裡的那些事情，一旦成為話語的瞬間，我突然就懂了，說不定真的什麼都不是，但對我來說，那終究也是一個故事。不特別、也不亮眼，或許不論何時說出口還是覺得很羞愧的那些事情，但確實存在在我心裡。

第
10
章

小魚們

我曾經幾次想像過那個房間，

然而，一旦想起會與誰在那個房間共處，

內心總是猶豫不已，只好將其拋諸腦後，

好似被關在半透明的肥皂裡，心情相當煩悶。

「妳，記得妳父親嗎？」

有一天，警衛這樣問我，我想了一下，點點頭。其他都不太記得，我記得的父親樣貌，就只有那一個。

就是在醫院的那一天。媽媽雙眼緊閉，正躺在床上打著點滴。拿著保險小冊子出門工作的媽媽，在充滿陌生人又忙碌的辦公室裡突然昏倒，被送進醫院後先安置在床上，需要再做幾項檢查，但應該不是大病，醫生說可能只是疲勞加上貧血，聽了說明後，我緩慢地消化醫生的話，努力安撫心情。但對於一個國中生來說，在學校接到電話，能冷靜地承擔這一切，不是一件簡單的事情，一直陪在身旁的老師因為打電話而走出病房，卻許久都沒有回來。

最後我還是走出病房，站在走廊上，從記憶中拼湊出父親的電話號碼，打了過去，在父親跟媽媽離婚之前，媽媽曾經跟我提過有急事就聯絡父親，媽媽所說的「急事」，應該就是這種事情吧。

「媽媽昏倒了，還沒甦醒。」許久沒聽到父親的聲音，接通之後，我發抖著說。

一臉疲憊的父親走進病房時，我與恢復意識的媽媽正在看電視，剛好輪到媽媽喜歡的搞笑藝人出場，媽媽與我哈哈大笑的時候，看到這一幕場景的父親，一臉暗沉。

「這是什麼情況？」

父親生氣地說。

「是特地叫我來看妳們這副德性的嗎？」

我正要說媽媽是真的不舒服，接下來還要去做檢查，但在我開口說明之前，父親「噹」一聲，將病房房門狠狠關上，然後說：

「妳還真是會在需要的時候隨意使喚忙碌的人，我母親住院的時候，我是那樣苦苦哀求妳把母親接來家裡，妳當時居然說妳很忙，要工作什麼的。」

父親緊繃著一張臉，站在那邊，眼神看著病房地板。

「如果你特地過來，只是為了要說這種話，那麼，你還是快走吧……」

媽媽用發抖的聲音說著。

「嗯，不用妳說，我本來就準備要走了！妳真的有夠噁心！」

話一說完，父親就走出病房。媽媽雙眼眼眶邊的淚水開始滑落，雙手摀住臉，像孩子一樣委屈地哭泣，而我就靜靜地看著。

「妳居然就這樣冷眼旁觀？」

警衛一臉不可思議地嘀咕著。

「要我的話，早將垃圾桶丟過去了！要不然……啊！真的是令人氣憤！氣死！」

我瞥見警衛忍住不罵髒話的臉，可能是猛然發現這件事情對我來說是個敏感的情況。我慢慢地說，父親平時不是那種人，從來沒有在飯桌上翻桌，或是暴力對待我與媽媽，在家中也從來沒有大小聲過，可自從發生醫院那件事情之後，我對父親的印象就只剩下那個，其他部分統統消失了。可我倒希望媽媽能夠放下對父親的怨恨與責難，畢竟媽媽在和爸爸離婚後，就像個小孩子般一直等著父親，期待父親有一天能夠回家，終究媽媽與我都錯過了可以生氣、可以怨恨的機會，而這個機會再也不會找上門。

媽媽與父親、父親與媽媽、媽媽的父親與媽媽、父親的媽媽與父親……這一切教人覺得很厭煩，成為某個人的父母、子女這件事情，實在是非常可怕。我突然想起魚群，某個影片中看過的小魚們。

那比鯷魚還小的身軀，透著白皙銀光的數千隻小魚們，搖著尾巴掉落在海洋的情景，瞬間一起破蛹而出，走入被汙染的大海的魚群，不知道自己的父母是誰，卻可以不帶任何疑惑地度過它短暫的一生。我很羨慕這些小魚們擁有自由，不需追尋自己的根源。

「我說妳啊……」

警衛突然說。

「妳父親或許只是做錯一件事情而已，就像妳說的一樣，他可能也是個好人，妳父母之間有些什麼事情、跟妳奶奶之間、跟離婚問題，這些事情或許我真的不懂。但妳明明看到了，看到妳父親在醫院對妳母親做了什麼，那行為本身毫無責任感又殘忍。妳跟妳母親究竟是哪裡做不好？或是做錯了什麼？他憑什麼這樣對待妳們？」

是這樣嗎？聽了警衛的話後，眼淚不自覺地掉下來了，從來沒有想過父親的行為可能是錯誤的，我只知道媽媽被拋棄這件事實，所以不願意反抗媽媽，願意讓媽媽傷心，深陷在不可以只想著自己，而讓媽媽餓肚子的恐懼中，但聽了警衛的話之後，我好像一直以來，真的很需要從某個人口中聽到這句話。

「我媽媽連那樣做過都沒有。」

警衛邊笑邊說。

「我媽媽沒有說過一句殘忍的話，或是任誰看都知道是錯誤的行動，完全都沒有。我媽媽真的是完美的媽媽，多情、細心的奉獻，是一位成熟又博學風趣的人。那樣完美的媽媽就這樣消失，突然間，以那副耀眼的臉龐，說是去找尋她的人生。」

警衛說他每每從學校回到家，看到穿著運動背心在整理家務的父親，明明是經過漫長會議之後回到家，卻還是無法休息，這時他都會想著自己應該要消失才對。這所有事情的開端都是我，因為我的出生，所有事情才會變成這樣。但又無法去死，所以每回想死的念頭出現時，都只能畫畫說故事。

「現在雖然不能畫漫畫了，但總有一天會再畫的，只要我的這個問題，這個看似無法解決的問題，能夠解開的話。但真的能解開嗎？我可以畫出不會傷害他人的故事嗎？我不知道，但如果可以的話那該有多好。如果我可以再次打開在電腦裡面那一幅，直到現在完全不敢再看一眼的作品的話，那該有多好，可惡，超級幼稚！一點基本概念都沒有！那條線究竟是什麼？如果可以笑著這樣想的話，那該有多好，那些事……沒有人會承認，但那就是我的責任，是我的關係，沒有人要我畫，也沒有人告訴我怎麼畫，我就是想畫，一個人在夜晚畫著，讓成績不斷往下掉，就只是因為我出生在這個世上。」

若可以再次下筆畫畫，我會給妳看的。聲音忽大忽小般地說著，警衛那像孩子般的臉龐，有時看起來卻又像是一位異常成熟的大人。

我們常常見面，雖然不是每一刻都很完美，但也不到會爭吵的地步，只是有幾次邊笑，邊挖苦對方，最後雙方都有點不舒服地暫時沒有說話，卻也還是能漸漸開啟聊天模式。時間繼續往前走，我越來越覺得警衛是不錯的，他的誠實率真能引發我的自卑感與羞愧感；相對來說，對於每件事情都小心翼翼的我，警衛可能會覺得我沒有一貫性、是個輕浮的人吧。

「妳什麼都好，就是想太多，太不願意期待、不肯依賴，只能像冰箱裡的泡菜一樣孤單地逐漸熟成，變成酸泡菜。」

互相道歉之後，警衛嘗試著說些什麼來打破尷尬的氣氛，「酸泡菜、酸泡菜。」喃喃自語的警衛，看起來還算有誠意。「等等！

真的是很過分！」我這樣回應著，「你說什麼？酸泡菜？你這大混蛋！不要光說不畫，快給我畫！繪畫？你天才啊？用腦袋畫也能稱為畫畫嗎？嗯？」我真的無法相信我居然可以跟某個人這樣說說笑笑的，那應該是朋友之間才發生可能的對話，不是嗎？

然而愉快的聊天時間，總是會因為某個人說出「之後再聊」這幾個字後，讓我們像瞬間失去方向般閉上嘴巴，三個月的時間越來越短，不知道警衛跟我見面的這段時間，對於剩下不多的時間是怎麼想的？當我們內心都決議，就是對方，也達成協議之後，委員會就會提供房間。那個聽說是綠色、用薔薇裝飾、也有人說是毫無特徵的白色套房。進入那個讓準父母準備懷孕的房間後會怎麼樣？不知道他是不是從來沒有想像過那個房間？他應該沒有想像過才對。我曾經好幾次想像過那個房間，然而一旦思考起會與誰在那個房間共處時，內心總是猶豫不已，只好將其拋諸腦後，好像被關在半透明的肥皂裡，心情相當煩悶。

沒過多久，畢業典禮簡單地結束了，不論是為離別而心痛，或是再也看不到學校而依依不捨，最後終究得確認還有沒有東西沒帶走。打開置物櫃後發現，裡面有用籃子裝填的幾盒包裝巧克力，以及一封手寫信。

很對不起，二年級時，居然那樣對妳，我不是真心要那樣做，只是跟著其他同學那樣做而已，看到妳堅持到最後都與希娜站在一起，我想了很多，也覺得很羞愧，看到那樣被欺負的妳，覺得妳很堅強、帥氣。希望妳往後一直開心健康。

信的內容很短，沒有寫名字，但從字體稍微往側邊歪斜的情況看來，是眼熟的可愛字體，不過，明明看起來很熟悉，卻想不起來這字的主人是誰。

典禮結束之後，跟媽媽到吃到飽餐廳用餐，我比平常多吃了兩倍的量，當晚吐得好厲害，根本無法入睡，用針刺進拇指，流出帶紫紅色的血液時，我突然想起希娜。媽媽順了順我的背，待冒出冷汗後，終於可以入睡了。若要對自己坦坦蕩蕩的話，該怎麼做呢？

收到那封不知來自於誰的道歉信之後，我反而對希娜更感到抱歉了。

第11章

選擇

我想，若這是我能選擇的事情，那該有多好，

我想若能更早一點、更有勇氣一點，

能夠坦坦蕩蕩地說出，

這是我選擇的人生，

現在，當媽媽不是我想要的事情，那該有多好。

若要說盡那三個月的時間裡，在我身上發生的所有事情，心情上真的就只能說是相當微妙。以結論說來，我與警衛最終沒有走進那個房間。我們到時間終了為止，都沒有向對方提議進到那個房間裡，也沒有說：「對不起，我覺得不行，我要找別人。」等等請對方諒解的話。雖然沒說，但我想警衛也懂，這是我們唯一能做的最好的選擇，我很開心、也很感激能夠親近警衛，但接下來能做什麼，我們不知道，警衛應該也是這樣想。

委員會那邊，也有其他人看了我的簡介找上了我，我也與那些人見過面，簡單地聊了天就道別。然後又想起麥，雖然這一切都很令人無言地結束了，但唯獨只有跟麥的對話，始終縈繞在我心。

是啊，如果不是這樣的話，那該有多好，但我對麥的心意，無法迅速平息。

在徐醫師數度的催促之下，三個月過了，再一次接受檢查時，我的卵子已經降到D^0等級，已經開啟了不可逆的老化過程。「現在，妳已經錯過最佳時機了。」徐醫師的聲音不帶有半點情緒，就如同過去那段時間所料想的，她沒有任何情感地說：「真是可惜，應該要早一點做決定才對，那就先這樣了，等這部分報告完成之後會寄給您的。」

聽到她忙碌的口吻，我突然精神一振，所以，對她來說，我終究只是許多的志願者之一，她平時會接待的許多諮商需求者之一。

我的故事、這段時間以來我的煩惱，聽到她說的那句「對不起」而猶豫不決的我的各種想法，對她來說都是他人的事情、不重要的事情。應當是很理所當然的事情，我居然現在才覺悟，而這不就是世間道理嗎？現在，那個曾招手要我加入的世界，即將把我推開，像冷冰冰的潮水一般將我推離。

我把再次檢查的結果告訴了媽媽，我想，若這是我能選擇的事情，那該有多好，我想若能更早一點、更有勇氣一點，能夠坦坦蕩蕩地說出，這是我選擇的人生，現在，當媽媽不是我想要的事情，那該有多好。但我無法，因為我到最後都沒有真正做出選擇。覺得很羞愧、覺得對不起媽媽，什麼話都說不出口的我，開始哭泣。

「媽媽沒有哭，」媽媽喃喃自語地說：「是媽對不起妳。」

她繼續說：「其實，每次去教堂，我都想要告解。」

媽媽的聲音輕微顫抖，前一天向神父告解之後，隔天又去教堂，又想要告解，媽媽這樣說道，她說對不起，讓我獨自一人處於這樣混亂的苦惱之中，這段時間裡，她的內心一直都很不平靜。

「我有話想跟妳說。」

擦拭我的淚水、直視我的雙眼，媽媽那樣說道。

「媽媽不是妳的女兒，妳才是女兒，我是媽媽，不論年紀、不論多辛苦、不論再怎麼失敗賺不了錢，我都是妳媽媽，是媽媽我選擇的人生，不應該讓妳背負這個責任，所以，我一直想跟妳說，媽媽雖然還有很多不足的地方，有許多無法做到的事，但再怎麼樣我都是妳媽媽，我會努力當好媽媽，請妳一定要幫我。」

媽媽那樣說著，淡淡地笑了。總是讓我擔心的那位媽媽心裡的少女，此刻好像躲進了房間的一角守護著我們。我靜靜地點頭，想跟媽媽說，一直以來她都是好媽媽，但總覺得很肉麻。

「只是，若妳成為媽媽的話，那孩子一定很漂亮，一定很像妳，漂亮到妳可能會被我忽略，就這點來說，確實很可惜，對吧？」

嗯，我回答著。好像真的有那麼回事一樣，現在的我已經不是可以懷孕的體質了，所有可能到手的一切都已經消失，只留下事實。焦慮與傷心開始找上我，我的肚子裡好像有股痛苦正在蔓延著，為了集中精神控制那傷悲，我靜靜地躺著，有如不斷行走了許多天似的疲憊，睡意襲來。

跟警衛的最後一次見面是那一年的晚夏，警衛問我大學好玩嗎？我說我好想馬上休學放棄，警衛四處找工作，最後還是決定要重考，卻又無端說起日本某一男子樂團，成員有十二位，誰跟誰最近吵架、誰跟誰互相討厭、誰跟誰出道之前曾經為了一個女生爭吵，還有誰跟誰出乎意料地互相關心等等，像這樣，說著他平常不太會說出口的冗長故事。

我沒有細想太多，一直相信我們還會再見面，認為警衛會依照他原本的夢想進到大學，學習漫畫，所以沒想太多地道別，就這樣分開。

結果，那是最後一次見面，沒有任何特別的理由，我忙碌於大學生活與打工，警衛則是埋首於重考跟打工，偶爾幾次的簡訊，總是詢問著何時要約，但兩人的時間總是剛好錯過。我想，因為用心過生活，導致與某個人漸行漸遠這件事情是藉口，但我與警衛就是這種情況，我希望我們不是這樣的關係。我於是做了之前沒做過的事情，我打電話給警衛，就算沒有回應，至少也可以問個好，不只是這樣，而是，我想念警衛、想再見他、跟他聊天，但這一次，他沒有回電，我們最終沒有再見面。

第12章

沒有初雪的一年

告訴我，我內心最軟弱的部分是什麼，

那又是什麼樣子，

以及我存在於這個世界肯定是沒有問題的這件事情，

讓我領悟到這一切的人，就是警衛。

我們什麼時候會成為大人？我不知道。我所知道的部分，他人會怎麼想我不知道，但我應該不會那樣輕易地成為大人，我不知道自己有什麼才能，我的身體不會移動到可以發現這些才能的地方。我真正想做的事情，願意帶著熱情花費時間與精神做的事情，是直到我真的長大了之後才領悟。大學畢業、做過幾份工作，過了十年的歲月，跟幾個人交往又分手，直到遇到不想分手的人，與他結婚，為媽媽辦告別式，然後又過了幾年之後。

第一次出現想要領養小孩的念頭，那是父母早逝，從小在祖父母的照顧下長大的丈夫先提出的，而我到那一刻才體認到，原來我也想要孩子。習慣了婚姻生活、也逐漸熟悉彼此連自己都不清楚的真實面貌，自然而然能夠互相理解，我的丈夫與我對於家庭都有深刻的傷痛，所以兩人都渴望有個新的家庭。

有些人能夠明確地修整補足自己所缺乏的事物，順利地生活下去，就算沒有家人，他們也能夠深愛自己的生活，好好幸福過日子。感受不到寂寞，如同在大海自由悠遊的魚群。

丈夫跟我都不是這樣的人，我們需要有人同行，就算不時會覺得厭惡，但我們需要堅強的安全感。雖然不是值得自豪且特別的生活方式，卻也不覺慚愧；我們或許有點不成熟、有點不足，但終究也在白紙上寫下了屬於我們的答案。

然而我們對話完成之後，得出一個結論，或許我們只是身體超過三十歲，經歷過許多事情，但我們在某一層面上依然是孩子，還無法以成熟的態度，成為某個人的父母，並為他負起責任。我們無法成為那樣的大人，我們不可能選擇成為父母，我們必須先成為自己才行。還有，就算我擁有引發變化的能力，或是就算我不曾表明我就是這樣走過，至少這世界不論如何運轉，不論是反對與否，都不希望自己只是虛長年紀而已。從更大的脈絡來看，領養小孩這件事情，就是認同那個將當年的我們弄得團團轉的制度。

最後，我選擇讀書代替領養，獲得資格證照，成為心理諮商師。

「另一個夢」在我二十五歲的時候結束了，雖然也有幾個類似的青少年人權團體相繼成立，但制度依舊，出生率每年些微下滑，生來具備妊娠能力的卵子與精子的孩子越來越少。每回政權交替時，新的掌權者總是會提出人權與孩子們的未來相關的口號，卻沒有相對應的政策，十幾歲的孩子還是必須像動物一樣接受檢查。

然而在十幾歲時透過委員會安排生下小孩後，馬上將小孩送養的人當中，沒有人不會陷入憂鬱，這是我透過一次次諮商過程中確認的事實。他們與我的相似之處很多，明明不是自己的錯，卻認為把孩子送出去是自己的錯，自信心不足，覺得自己相對旁人來說很不成熟，所以會很羞愧。而我最想告訴他們的話是，在這個混亂的世界，就算羞愧，也不需要事事以畏縮的心情面對。

諮商產業被批評為甜美又便宜的安慰，乍聽之下會覺得很難過，但其實也還好。人們說，這一社會問題無法根絕，而我們只能擦拭她們的淚水，告訴她們可以繼續生活下去，這其實是很不負責任的權宜之策。或許他們說的是對的，但我還是想做這個工作，在這個可能永遠不會改變的世界，至少會需要有人可以傾聽她們的故事，協助她們繼續走下去，而這是我唯一可以為這世界做的事情。她們需要有人打破沉默跟她們搭話、問她們問題。突然間，我想起了警衛。我現在之所以可以對他人、甚至於對我自己誠實以對的關鍵，就是從與警衛的對話開始，他告訴我，我內心最軟弱的部分是什麼，又是什麼樣子，以及我存在於這個世界肯定是沒有問題的這件事情，讓我領悟到這一切的人，就是警衛。

那年冬天有一件事情很奇怪，我是直到幾年前才發現，辦公室窗外正在下著雪，正在苦惱等等要怎麼回家時，突然想起一個場景。那是遙遠的從前，當時不討厭雪，反而是期待下雪的我，在冬日裡的場景。

是我高中三年級的那一年，那一年的初雪一直都沒來，但並不奇怪，到目前為止我的記憶都與搜尋出來的新聞內容相符。十二月三十一日結束之前，天空都沒有降下初雪，在送舊迎新的新聞特輯中，還不斷出現擔心氣候異常的報導與言論，新年第一天的報紙上還刊載了氣候學者的訪談。

奇怪的是，報紙記載了隔年，也就是我進入大學那年的一月二十八日下午，天空降下晚了許久的初雪，全國都籠罩在厚厚的雪堆之下，路面冰凍，車輛無法通行。但我連一片雪都沒有看到。不只是初雪、連第二次、第三次……根本沒有下雪的印象。一月二十八日的我在做什麼呢？可能是和警衛坐在咖啡廳，或是根本就是在家，可能視線也飄向了窗外，但我思索了半天，就是想不起來看見了雪，或是聽說過下雪這件事情。

我跟警衛說這件事情的時候，他在電話那頭停頓一下，接著好像聽到什麼笑話一樣呵呵笑了出聲，並說：

「妳也真是的，怎麼突然說起這個，妳問我那個時候下雪了嗎？我記得下過幾場雪？我們在一起的時候也下過吧？我記得還因為地上溼滑，所以我扶住妳幾次，怕妳跌倒，那個時候妳該不會是喜歡我吧？是嗎？所以妳才會什麼都沒看到啊？居然有這種事！連下過雪都不知道，那也太誇張了吧。不過說實話，當時我確實有點喜歡妳。」

我回想著以清朗的聲音說話的警衛，突然好奇，警衛過得好嗎？他在這奇怪世界的何處呢？

雖然沒有他的消息，但我不時會上網搜索一下，卻又對這樣做的自己感到些微懊惱，我相信當他看到我這樣臉上有皺紋，小腹微凸的時候，會從某個地方開始述說故事，為畫紙畫上色彩。希望有一天可以看到警衛的作品出現在網漫平台，若沒有的話也沒關係。是啊，那是幻想，我現在也懂了那就是幻想，可是我不討厭自己期待這一幻想，當我感覺到憔悴，或是卑劣膽怯，覺得自己毫無是處時，我總是會讓自己回到那一年冬天的冷冽空氣中，想著現在的自己，與那一年什麼都沒有、也沒有什麼值得炫耀的少女，兩者相比，確實也沒有過大的差別。奇怪的是，每當想起那個曾經夢想成為魚的少女，以及她身旁的少年時，總是能湧現可以繼續活下去的心情，我想，警衛他應該也會很懷念那年冬日午後的曖昧。

即便沒有選擇，也不是你們的錯——作者後記

我很抱歉，這並不是一部陽光正向的小說，這樣殘忍灰暗的「青少年小說」，在這敏感的時期，確實有點擔心是否會讓年輕讀者的心受傷，我也十分抱歉，讓小說中的孩子們承擔如此苛刻的場面。

但我的想法是談及現今青少年所面對的現實，或許方向可能不

同，實際上卻比小說情節更沉重、更灰暗，也更殘忍。在這個越來越糟糕的世界，身為「青少年」的你們，正想些什麼、感受到什麼，我其實不敢確定。本書設定是高中生的故事，但我也僅能站在成年人的立場，以反省的心去書寫。

在這個什麼都做不了的社會，我沒有辦法想像出一個完美的解方。而我想對你們說的是，就算是在無可選擇的情況下，那也不是你們的錯。

當我還是青少年時，我對自己的人生幾乎沒有任何選擇的權利，不是個帥氣、陽光、正向的青少年，每天想的，就是能多睡一點、以及期待這世界不會有人被排擠、被霸凌，用這幾乎是隨風搖曳的虛弱軀體，承受周遭所有的壓力，等待有一天也成為一個模稜兩可的大人。然而在我眼裡，現今的青少年們，在國、高中階段所要承擔的一切，是我當年的數倍以上，而你們現在確實也正在承受這些壓力中。

在各種複雜的情況下，我想寫出努力以自己的力量做出最佳判斷，辨別對錯，並且努力前進的孩子們的故事；若有再一次的機會，我可能會把「努力」這類型的話揉掉丟進垃圾桶，就只是寫出痛快地做所有想做的事情的十幾歲青少年的故事。

首先要感謝首爾清華女性醫院朴鍾讀醫生，願意花時間仔細閱讀我的稿件，並提供醫學觀點與建議，為理科能力極弱的我帶來極大的協助；也感謝小說家前輩方賢希在接近午夜時分還願意撥電話給我，給予我許多建言，以及撰寫本書時，給過我許多意見的臉書朋友們；還有願意忍受我不斷拖稿的bookinmylife編輯部全體工作人員，真的非常感謝大家。

二〇一六年夏

尹異形

Hit 暢／小說 104

兩封合格通知書

•原著書名：졸업•作者：尹異形（윤이형）•翻譯：陳聖薇•美術設計：高偉哲•協力編輯：張玟婷•責任編輯：徐凡•國際版權：吳玲緯•行銷：何維民、吳宇軒、陳欣岑、林欣平•業務：李再星、陳紫晴、陳美燕、葉晉源•總編輯：巫維珍•編輯總監：劉麗真•總經理：陳逸瑛•發行人：凃玉雲•出版社：麥田出版／城邦文化事業股份有限公司／104台北市中山區民生東路二段141號5樓／電話：(02) 25007696／傳真：(02) 25001966、發行：英屬蓋曼群島商家庭傳媒股份有限公司城邦分公司／台北市中山區民生東路二段141號11樓／書虫客戶服務專線：(02) 25007718；25007719／24小時傳真服務：(02) 25001990；25001991／讀者服務信箱：service@readingclub.com.tw／劃撥帳號：19863813／戶名：書虫股份有限公司•香港發行所：城邦（香港）出版集團有限公司／香港灣仔駱克道193號東超商業中心1樓／電話：(852) 25086231／傳真：(852) 25789337•馬新發行所／城邦（馬新）出版集團【Cite(M) Sdn. Bhd.】／41-3, Jalan Radin Anum, Bandar Baru Sri Petaling, 57000 Kuala Lumpur, Malaysia.／電話：+603-9056-3833／傳真：+603-9057-6622／讀者服務信箱：services@cite.my•印刷：漾格科技股份有限公司•2021年8月初版一刷•定價299元

國家圖書館出版品預行編目資料

兩封合格通知書／尹異形（윤이형）著；陳聖薇譯. -- 初版. -- 臺北市：麥田出版：家庭傳媒城邦分公司發行, 2021.08
面； 公分. --（Hit暢小說；RQ7104）
譯自：졸업
ISBN 978-986-344-989-8（平裝）

862.57　　110007455

城邦讀書花園
www.cite.com.tw